# POEIRA E ESCURIDÃO

João Batista de Andrade

# POEIRA E ESCURIDÃO

Contos

LetraSelvagem

*Grafia atualizada segundo o Acordo Ortográfico da Língua Portuguesa de 1990, que entrou em vigor no Brasil em 2009.*

Direitos desta edição reservados à
Associação Cultural Letr*a*S*e*lvagem:
Praça Santa Cruz da Exaltação, 21 - Jd. Maria Augusta -
Taubaté-SP/Brasil - CEP 12.080-540. Telefone: (55) (12) 3635-3769.
E-mail: letraselvagem@letraselvagem.com.br
Sítio: www.letraselvagem.com.br

*Diagramação:* Cesar Neves Filho
*Capa:* James Cabral Valdana
*Preparação de texto e revisão:* N. Sena

Prefácio: Ademir Demarchi

*O logotipo* LetraSelvagem *foi idealizado a partir de cerâmica Aruak, padrões utilizados nas bordas dos vasos, compilados por Koch-Grunberg em 1910.*

Coleção Gente Pobre
*Organizador:* Nicodemos Sena

Dados Internacionais de Catalogação na Publicação (CIP)
(Letr*a*S*e*lvagem, Taubaté, SP, Brasil)

Andrade, João Batista de, 1939 —
Poeira e escuridão / João Batista de Andrade. —
Taubaté, SP: Letr*a*S*e*lvagem, 2015.
160 p.
1ª edição
1000 exemplares

ISBN 978-85-61123-18-5

1. Literatura Brasileira — Contos
I. Título. CDD — B869.3

coleção gente pobre
Vol. 11

# SUMÁRIO

# Prefácio

## A LUZ NA SALA DE CINEMA

Por Ademir Demarchi[1]

O primeiro relato deste livro, "Investigando o caos", começa sendo narrado por um homem só e desempregado que, em meio à vida urbana de São Paulo, entre o sono num minúsculo apartamento e o sentimento abúlico a caminho do bar, se entrega a um estado de sonho e resgate da memória.

Sintomaticamente, ampliando a sensação de estar no caos e tentando encontrar um sentido, ele sintoniza sua infância. Com isso, introduz um dos traços fundamentais dos relatos deste livro, que de certo modo os une, definido nos vários personagens infantis ou jovens às voltas com momentos cruciais de suas vidas. Fraturados, eles são atormentados pela desconfiança de que "a infância não existe, é pura imaginação", sobretudo porque tiveram sua pureza de alguma forma roubada.

Esse homem do primeiro relato, com contraditórias saudades da vida rural e da natureza, "onde não há nem carros nem moradores de rua", entre imagens vistas na TV e sonho, se transforma num menino nesse fluxo de memória. Com isso, passa a relembrar os tipos da sua família, aturdidos como ele por coisas e fatos irreais. Um momento marcante desse texto é o de um homem que o narrador encontra obcecado pelos relógios da Estação da Luz e o abismo da diferença de minutos entre eles, tal como se fosse a vida que vivem e a que já viveram, marcada pelo abismo de impossibilidades e desejos irrealizados.

---

[1] Ademir Demarchi é doutor em Literatura Brasileira pela Universidade de São Paulo (USP), poeta, escritor, jornalista, editor e crítico; autor, entre outros, de *Pirão de Sereia* (poesia).

Esse homem que recorda o menino de "pés descalços na enxurrada barrenta da cidade", "uma surra por dia da mãe professora e pobre", logo se desdobra no relato seguinte, "Poeira". Nele, tenta compreender o que foi sua infância, atravessada por um tio motorista de caminhão que o leva de sua casa para enfrentar o trabalho em outra cidade. O sentimento é de desterrado, como se repetisse o pesadelo de um menino negro e escravo que foi seu companheiro de infância e cuja mãe o doou com fria indiferença para a tia desse que ora sonha.

O homem que resta na metrópole de hoje é somente a soma dos restos de uma cultura miscigenada e expurgada por falências, representada no avô que foi fazendeiro, patrão de ex-escravos, na avó "ex-Sacré Coeur, crescida nas ilusões das luzes do século XX, depois enfurnada entre matas viscerais habitadas por mitos terríveis, perigosos Caiapós, cobras e onças assassinas, para depois sucumbir na ladeira do empobrecimento por não saber reter as rédeas da fortuna quando o avô morreu". Do outro ramo da família saem um avô cego e analfabeto como a avó, pais da mãe professora e pobre, resultantes de "mistura, caldo de sangues e dificuldades, dessa história infinita de miscigenações e lutas, DNAs multiplamente compostos, gerando vidas rústicas e resistentes como rochas brutas, vislumbres de futuros sempre melhores, utopias, ilusões".

O relato "Vamos começar outra vez?" muda o tom e tenta um acerto com a mãe que vivia "entre duas realidades", o "futuro cuidadosamente tecido em seus sonhos desde menina" e a busca de transcendência de sua origem e pele escura ampliadas pela pobreza e falta de oportunidades, em confronto com a história aristocrática da família decadente (um engenheiro cego, uma avó letrada e um monte de livros, e o empobrecimento).

O pesadelo da separação materna na infância, traumatizada por aquela do menino escravo, se transforma no relato seguinte numa forma de um pesadelo que marcou a crônica policial da metrópole: o retrato da infância e da família fraturados, então, se dá através do delinquente, assassino desde criança, foragido aos 12 anos da FEBEM, conhecido pelo nome que dá título ao relato, "Pequeno". O narrador, aturdido como nos questionamentos dos relatos anteriores, procura entender "quem fez dele essa máquina de matar?", encontrando sugestão de resposta apenas na forma como vivem, numa família alheia a tudo, dominada por um militar indiferente até mesmo com sua arma que repousa como chave para o futuro, numa gaveta ao alcance do "Pequeno" matador que ele será.

Em "Ética pelas metades" o pesadelo se desdobra mais uma vez na história de um menino morador de rua, manco como o pai do narrador, que vive de pedir moedas num semáforo. As tensões dos relatos anteriores se intensificam e se chega a um dos pontos mais altos do livro na medida em que o narrador, espertamente, joga com essa tensão e ilude o leitor com a ambiguidade do que descreve, sugerindo uma coisa, porém revelando de forma surpreendente outra ainda mais cruel.

Após o impacto dessa leitura o livro segue em novo relato sobre a infância, "Escuridão", em que, mais ameno, o menino *alter ego* do narrador, se fazendo de cego, imita o tio verdadeiramente cego, em meio a uma infância em que assiste à devastação da multicolorida e exuberante fauna e natureza do cerrado. Em contraponto a ela temos o pai, falido e diminuído em dívidas, ele mesmo sonhando com o próprio pai, avô do menino, também cego como o tio. Eis que o escritor nos presenteia com sutis contundências como esta: "Meu pai falava aos pregos que não se entortassem, à chuva que viesse, ao sol que abrandasse, à doença que se fosse, ao dinheiro que viesse".

A infância, então, ganha outra forma de enfoque no relato traumático de "André X, o menino desaparecido". Temos, agora, o encontro com a realidade do país dos anos 70, evidenciada nesse narrador que é o próprio menino desaparecido, aparente metáfora de um jovem militante contra a ditadura. Como um fantasma, ele relata seu sequestro e o assédio a seus pais por parte de homens ameaçadores que, tendo levado o menino ou o jovem que ele fora, continuam a ameaçá-los com visitas e apropriação de objetos e brinquedos, num continuado sequestro que envereda pela desaparição da memória.

A sombra da ditadura de 64, expressa no desaparecimento desse menino, tal como numerosos amigos e parentes seus, tidos como mortos e perdidos para sempre, em seguida ganha o tom de farsa e ironia no conto "O gato Guevara". Cerca de vinte anos após, o escritor dá cores a um general da linha dura que, com a abertura política, tem que tolerar o capricho da mulher, que o obriga a conviver com um gato de nome Guevara e a presença do cunhado que o trouxe, "cheio de trejeitos e brincos nas duas orelhas". A ironia se estende nos comentários e atitudes da mulher do general, que o provoca dizendo ser iguais a vida comunista e a do quartel, devido às mesmas roupas, muita obediência, muita ordem e pessoas todas iguais... É na cama que ela dará o troco, recusando o marido em vingança dos anos de rigidez militar levada para dentro da casa como extensão de um país subjugado. Porém, sob os lençóis, como se mandasse ainda no país que já não pode mais mandar, resta a farsa do general expulsar Guevara, agora não mais um guerrilheiro, mas um gato, e possuir a mulher de forma afrontosa e como fantasia de uma outra mulher, de um general mais jovem que sinaliza, com senso de humor pragmático, ainda que de caserna, um outro país.

Na sequência, com "No tempo do cinema", João Batista de Andrade reforça seu interesse pelo cinema, já manifesto de forma sutil no modo como narra ou em menções como aquela, em especial, de "Ética pelas metades", já comentada, em que um carrinho de bebê põe à vista do leitor o clássico filme de Eisenstein. Neste "No tempo do cinema" há uma superposição de narrativas, ainda focando a infância, desta vez nas figuras de diversas meninas. A primeira delas, a Menina Remediada, de pais de classe média, vive numa casa cheia de bens de consumo, assistindo TV com interesse fantasioso e dando mamadeira a uma boneca. Essa boneca logo será jogada no lixo e será encontrada por outra personagem chamada Menina Miserável, que vive no lixão; filha, mãe e avó, todas Miseráveis às voltas com tragédias e mundos fantasiosos vistos na TV, além de se desdobrarem umas nas outras, se desdobram também numa outra personagem operária da fábrica dos Lumière, na França que, após ser personagem inaugural do primeiro filme dos franceses, vem para o Brasil vender as máquinas de ilusão e curar um amor não correspondido por um deles.

O livro se finaliza com "Morangos silvestres", narrativa centrada em dois personagens, um velho comunista que um dia foi o único sobrevivente de um massacre feito pelos militares contra seu grupo, e um jovem que ele coopta e conduz, a mando do partido. Enquanto se passa a conversa, ambos seguem pelas ruas para concretizar um atentado contra o presidente de um país latino-americano que, ganhando uma eleição após outra com discurso populista de esquerda, se perpetua no poder frustrando os ideais dos grupos de esquerda que o apoiaram.

O velho comunista, tal como no filme de Bergman, tendo a morte pela frente, tenta acertar as contas com o passado, porém se confronta não apenas com as contradições que marcaram sua vida, mais uma vez expostas nas ilusões políticas desfeitas pelo presidente reeleito, como também no jovem militante que ele conduz tentando convencê-lo a usar um método de atentado que, por inadequado que seja, leva o jovem a uma forma de loucura e delírio.

Embora se passe numa republiqueta de um *outro* país latino-americano, à moda dos marcantes romances sobre ditadores que enriqueceram a literatura do continente, esse relato em muito remete a este país que se delineia nos outros relatos: um país que vem desde aquela devastação descrita do cerrado, em meio à qual vai se compondo a miscigenação, passa pela metrópole tomada por miseráveis e moradores do lixo e chega na republiqueta farsesca da abertura política dominada por generais patéticos como aquele às voltas com um gato com nome de guerrilheiro.

Esse país fantasioso, pode-se dizer, é formado por fantasmagorias como a da revolução que nunca se dá, assim como a de esqueletos ainda guardados nos armários, sem identificação, vindos de guerrilhas como a do Araguaia, que alimentam rancores por um acerto de contas não realizado.

As fantasmagorias, entretanto, transcendem e grudam ou mesmo formatam tanto o líder quanto os agrupamentos de esquerda que o apoiam. O sonho de revolução desse velho comunista, que mais uma vez se transformou num morango mofado na figura do presidente *que também sucumbiu*, desengaveta outra fantasia do continente: a velha ideia de ação *foquista* de que um ato terrorista provocaria a revolução. Se ela deu certo em Cuba por uma somatória de fatores, no entanto, no Brasil, assim como em outros países do continente, como nesse ficcional, se provou falível e irreal.

Resta dela, então, a surrealidade imaginada nessa ficção de "Morangos Silvestres", em que se intenta abandonar a luta no campo institucional para conseguir a transformação idealizada. É com essa fantasia surreal que o velho e o novo comunistas seguem pelas ruas em meio ao povo que apupa o presidente que, na turrice do velho e de seu partido esclerosado, precisa ser eliminado para que as coisas mudem. A fragilidade do jovem comunista, no confronto com esse outro morango mofado, mais uma vez, como em todo o livro no que se refere a crianças e jovens, se transforma numa fratura.

O final, como não poderia deixar de ser, é patético, como se fosse um filme, daí que a *poeira* memorial do passado se esparge na *escuridão* política e social do presente e o sonho reiterativo de *começar outra vez* pode-se dizer que estaca diante dessas repetidas infâncias que são consumidas com a rapidez dos sonhos idealistas dos que desejam transformação e assistem apenas ao *caos* como regra em que todos deambulam buscando uma luz que somente se encontra na sala de cinema.

# POEIRA E ESCURIDÃO

# IMAGENS

*Era, sou, eu.*

*Ali, os pés descalços na enxurrada barrenta de minha cidade.*

*Uma surra por dia, mãe professora e pobre.*

*E meu olhar perdido, o frio gostoso da água, a carícia.*

*Diziam que rodavam placas de ouro pela enxurrada.*

*Imagino agora o que faria com tanto ouro, enquanto minhas mãos agarram a placa de carro que talha meu pé esquerdo.*

*O sangue.*

*Que fazer com uma placa de carro?*

*Ter o carro?*

*Eu sairia dali feito um príncipe, comeria maçãs jogando fora as partes podres.*

*Estou sim, perdido.*

*Se havia ali, naquele olhar inútil, algum sonho, se perdeu.*

*Juntei algumas placas de ouro falso, medalhas, prêmios. E muitas vezes passo seus brilhos pela cicatriz visível no pé esquerdo: me lembra a enxurrada.*

## INVESTIGANDO O CAOS

Sabadão com chuva. Quieto, a imaginação ganha espaços que o corpo não pode. Cochilo diante da TV desligada. Num tempo tão longínquo meu tio grita com as pobres vacas atoladas na lama do curral. Pouco, muito pouco leite, ele reclama. As vacas estão estranhas, juntam-se no canto do velho cercado de paus fincados e nos encaram. Ficam lá, paradas. Um grande gavião pousa no chifre da Chorona, a melhor de leite e também a de maior chifre. O gavião é que comanda!, grita o Gavião para meu tio, ameaçador. Meu tio grita de volta, era só o que faltava. Então não falta mais nada, grita o Gavião. Eu sei quem é você, grita meu tio. Sim, é o filho do maldito Capitão, oficial reformado do exército, vizinho que andou tomando terras de meu tio. É ele mesmo, o Goiaba, rapaz bobo. O que você quer? — queria era minha prima que, da janela, lhe manda beijos. É muita loucura. Que dia seria, que dia se foi, que dia virá? Salto da cama e percebo que ainda era ontem. Há um hiato entre meu quarto e a sala de onde agora vejo o mundo. O tempo se apodera de tudo nessa passagem. Do pequeno *hall* ainda me vejo lá, saltando de novo de minha cama desarrumada. Algumas vezes voltei, tomado de espanto e náusea. Só faltava isso, sonhar com meu tio, curral de lama. Lá no quarto, de novo, esqueço-me de tudo, salto da cama agarrando meu celular. Tudo se repete: salto, vejo as horas, atravesso a linha imaginária, estou aqui de novo, tomado de espanto. A paisagem é sempre a mesma, meço a altura das folhas da palmeira mais alta da praça: suas pontas beiram a laje do último andar. As palmeiras são altas demais — ainda crescem? Se crescerem, logo terão as folhas acima do prédio em frente. Teriam também noção de tempo? — crescer é uma articulação secreta entre tempo e espaço. Olho para meu quarto, lá estou eu, saltando de novo de minha cama. A razão me diz que nada disso é possível, mas meus olhos não se enganam. Provoco: eu posso ser mais de um nesse universo misterioso. Mas logo me repreendo, pura alucinação. Volto para meu quarto, tentando desfazer esse dilema metafísico. Lá, de novo, já não me lembro de nada, salto da cama como sempre, preocupado com o horário. O elevador para demais, o porteiro ronca e nem percebe que abro a porta, saio observado por dois homens, bem em frente, jeito de moradores de rua. Um deles se abaixa com deselegância, os pés sobre a calçada, a mão esquerda atravessando o corpo para apanhar alguma coisa no chão. Um besouro. O fugidio besouro tenta, em vão, romper a barreira do meio-fio. É um animal de fato estranho, no meio da cidade, rua movimentada. Poderia ter se esfarinhado debaixo de tanto pneu. Bonito, reluzente. Mas o que chama a atenção dos dois homens nem são os dois chifres desproporcionais e nem sua luminescência esverdeada. Atraía-os alguma coisa espetada no chifre maior, já no alto da encouraçada cabeça do animal. Um bilhete! — exclama. O outro homem observa aquilo, primeiro com nojo — afinal o animalzinho arrastava suas duras pernas pela água suja da beirada da rua. Depois, com espanto: bilhete? Sim, um bilhete, reafirma o primeiro, quase em transe. Tomado pela curiosidade, o segundo homem arranca o bilhete, sem cuidado, quebrando o pequeno chifre do besouro. O animalzinho, mesmo assim, pareceu se dar por satisfeito, abandonado de novo no asfalto e sem o incomodatício bilhete espetado em seu corno de rinoceronte mirim. Números: 7/01/36/42/21/11, que os dois agora leem em voz alta. A sena! Gritam juntos. Naquele dia seus destinos estariam selados em alguma casa lotérica. Ali perto, o bar, a sede. O refrigerante diz "frutas vermelhas", gosto ruim, leio o rótulo, claro, nem uma gota de fruta. A Luzilene é frequentadora, morena que esbanja corpo, faz sucesso ali. A outra, nem conheço, escuto o que dizem, cultivo essa mania de tentar desvendar, no meu silêncio e falta de assunto, o que as pessoas conversam, o que têm para dizer umas às outras, que coisas são ditas nessas conversas compridas. "Ele é um gato...". Eu posso ouvir bem o que Luzilene diz, apesar da mania de falar entre dentes, quase assoprando como se tudo o que saísse de sua boca fosse um segredo imenso, perigoso, destruidor. "Ele é um gato...". "Festa de aniversário de minha irmã, Mariane, você precisava ver, o namorado é um gato". Seu rosto dá uma aula de expressões, de como o que vem da alma brinca como quer de nosso rosto, pele, músculos, olhos, rugas. E as mãos, os gestos sem fim, um jogo impossível de decifrar mas que pontua as falas, as expressões. Além de Luzilene e sua amiga, sei que ali também está um homem que reconheço pelo pigarro e pelo cheiro de cigarro. O carpinteiro, prestativo, não sai de meu prédio, consertando janelas velhas e namorando as estudantes, consertando móveis mal-feitos, aliás por ele mesmo, certamente com aquela qualidade deficiente para que pudesse voltar muitas vezes, vidrado na bunda grande da moça do décimo oitavo andar. Soriana, a mais bela e desejada de todas as três filhas do veterano pastor Aleluia. Pastor Aleluia que na verdade fora batizado como Sebastião José do Divino Espírito Santo e mais uns tantos sobrenomes familiares que ele jogou no esquecimento buscando um nome, digamos assim, mais comercial. Era nome demais para os pobres crentes, seus contribuintes. Aleluia. Também na religião é preciso pensar em tudo. Safado, tanto quanto esse carpinteiro que agora ilude suas filhas, dizem que atrai as moças para sua casa, levadas pela enorme curiosidade por causa das figuras e móveis estranhos, desfuncionais, deformados, estapafúrdios, que o homem espalhou pelo jardim aberto da porta de sua própria casa. "Um artista", murmuravam as mulheres. Mulheres gostam de artistas, principalmente quando eles são morenos, boas pintas e simuladores da grande arte, como era o marceneiro. Ah, elas gostam de ser enganadas! E gostam mais se o artista é carente. Nesse caso, além de despertar nas fãs o desejo de compartilhar do gesto criador, o artista desperta também o instinto maternal, a ser usado na terceira ou quarta jornada de trabalho genuinamente feminino. Eu sempre tive razão para me preocupar, já que me interessava pela Luzilene. Se a Soriana se fazia de difícil, uma dissimulação infantil, a outra, Luzilene se desmanchava de amor pelo maldito. Até leite começou a produzir nos fartos seios, tal o poder de sedução do vagabundo. Melhor deixar pra lá. Mulheres são assim quando jovens, apaixonam-se e deixam-se levar por esses tipos carentes. Depois de maduras, bem, continuam a mesma coisa. A vida urbana é boa quando está tudo bem, quando a vida está boa, quando o sujeito está bem e quando ser urbano não é ruim. Ser índio? — como seria? — ah a imagem que me vem é da TV, sempre a TV. O índio com sua zarabatana, o bambu encaixado em sua boca, zum, o sopro e lá se ia, feito luz, a ponta venenosa que derrubaria a pobre arara, parte comida, parte penas ornamentais. Que gosto teria uma arara? Ainda mais uma em extinção. Ser índio é não estar nem aí para isso. Comida é comida. E ainda por cima com tanta plumagem, ninguém segura. Ah os perigos da imaginação... Ser índio, jamais. Morreria naquele tédio, naquele ócio, naquela falta de perspectiva, tudo... Mas estava melhor ali, numa apertada kitinete revirando jornais em busca de emprego? Ah, uma natureza, andar pelado, comer frutas do mato, cachoeiras, nadar em rios despoluídos, sem contas para pagar... Mas rapidamente descarto o perigoso desvio de meus frequentes delírios que já me conduziam espaço afora como se levado pela seta veloz, o sopro do índio nu. Felizmente o indefectível repórter de TV interrompeu a cena para as informações de Brasília que, apesar de francamente descartáveis, lhe pareciam, como sempre, fundamentais, ademais de poder lhe garantir um bom emprego. Mato, arara, zarabatana, era só o que faltava. Em todo o caso, se o repórter me olhasse, agradeceria a ele por livrar-me desse novo delírio. Pois a dorzinha persistente no ombro me fazia nunca mais me esquecer do dia em que saí de frente da TV, tomei o carro e fui para o Viaduto do Chá me jogar num "jumping" maluco daqueles, torcendo para que a corda se arrebentasse. O desemprego mexe com minha cabeça, as ideias e os delírios não precisam de empregos nem de salários. Pelo contrário, pelo contrário! — o mundo se desmiola, tanto faz estar de ponta cabeça quanto mergulhado num mar imaginário, voando, se desmanchando no ar, dormindo com os mitos de juventude. Melhor me mexer, sofá, tapete, TV, cama. Rua, rua, rua, dorminhocos sob marquises, carros alucinados, mau humor, o ar tem cheiro de merda seca socada com fumo goiano, que desperdício, ainda mais se temperado com baunilhas secas de meu pai. Um homem corre de um lado para outro da rua, carregando o peso de sua idade e o olhar infantil de quem pratica alguma esperteza. A rua é movimentada e perigosa, esquina de motoristas apressados e motos enlouquecidas. O que o fazia correr tantos riscos? O homem (me recuso a chamá-lo de velho) agora atravessa o asfalto às vezes pelas faixas, às vezes entre os carros, já que as faixas nem sempre são respeitadas. E depois volta, um perceptível sorriso no rosto jovial. *O relógio*, me diz ele. Na verdade, os dois relógios. Olho na direção apontada, seguindo o tecido gasto que cobre seu braço até a mão de dedos enrijecidos. Um dos relógios lá está, na torre da Estação da Luz. *Doze horas e trinta e dois minutos. Então?* me pergunta o homem. *Vem comigo!* — atravessamos a rua ainda com o sinal aberto, o perigo de que os tempos ali se vingassem da ousadia de um e da curiosidade do outro. O segundo relógio lá está, na loja de calçados. Um grande relógio, antigo, certamente relíquia familiar preservada pelo dono da loja. Sob a névoa do vidro ornamentado, um grande pêndulo se esforça nesse equilíbrio já quase centenário entre as forças que o impulsionam ora para um lado ora para o outro. *Veja as horas*, me diz o homem. *Doze horas e quinze minutos*. Pelo menos dezessete minutos a menos do que vira no relógio da Luz. *É isso*, me diz ele. *Esse é o relógio certo, o relógio de minha vida. O outro, o da Luz, anda mais ligeiro do que devia e, assim, vai se adiantando. A cada dia aumenta a diferença. Há um mês a diferença era de dezesseis minutos, agora já passa de dezes-*

*sete... Eu corro para lá, memorizo o que vejo na Luz, corro para cá e constato, feliz, que não, o tempo não andou como querem. Essa é minha vida, de um lado para outro, certificando-me sempre que há dois tempos na vida e que a cada instante posso ludibriar os que me querem velho e, quem sabe, morto.* Cidade, cidades grandes. Vejo que o velho leva inúmeros objetos, penduricalhos presos ao barbante que serve de cinto. Ao correr chacoalha tudo, numa sinfonia tosca de sons e brilhos, cada objeto buscando sua própria luz. Me lembra meu pai. Chaves, alicates, abridores de garrafa, apitos, forquilha de estilingue, correntes inúteis, santos. E canivetes. Nas cidades maiores, às vezes chove canivetes. Eu os coleciono dentro de vidros lacrados para que não fujam. Com minhas netas e netos saímos de guarda-chuva, catando o que podemos. É preciso cuidado com os que caem abertos. Lembro-me de meu pai picando fumo goiano para seus cigarros que cheiravam a baunilha. Sim era baunilha, vanila, vanille, fruta americana, comum nos brejos do cerrado brasileiro. Meu pai apanhava as frutinhas nas plantas tipo cipó, enroladas nos buritizais. Uma espécie de bananinha seca, perfumada. Ah, nem meu pai sabia, mas a baunilha é uma orquidácea... Volto ao bar, eu sempre volto quando ali está Luzilene. Bebo de novo o refrigerante miúdo, agora de tangerina, finjo não prestar atenção em Luzilene, leio o rótulo, nenhuma gota de tangerina, porra nenhuma, porra nenhuma. Pego a lata sobre o balcão, por curiosidade, as letras grandes dizem AZEITE, leio as letras miúdas, dez por cento de azeite e noventa por cento de soja. "Puta que o pariu!", gritei, indignado, mais indignado comigo mesmo que estava cansado de saber tudo do refrigerante e do azeite, espanto besta esse. Luzilene se calou. Seu calculado olhar bateu em mim como beija-flor em vidraça. Fatal. De onde vinha aquela força, numa garota tão frágil? Olhei meu coração, ele mesmo, feito um bichinho tímido, caído sob a mesa do bar: em vão tentava se controlar, as batidas soavam como soluços. Soluços de coração são dolorosos, dão pena. Ah, pernas bambas, quem as fez assim? — talvez melhor seja perguntar o "que" as fez assim. E lá vinha, de novo, feito tiro de repetição, a luz ferina daquele olhar. Eu estava definitivamente abatido. Deixei lá o coração com seus soluços, saí na disparada porta afora. Sem pagar, sem me desculpar, sem olhar. Temia virar sal. A vida é uma sucessão de tormentos. Tormento, desassossego. Aflição. Nada do que se faz ocupa esse vazio que parece maior do que a vida. E os desafios são imensos, impossíveis de serem superados, vencidos. Uma corrida de obstáculos sem fim, como num pesadelo. Pior do que a existência dos obstáculos é a imaginação que os multiplica, é o sofrimento antes da existência do problema, que nos faz desejar que venha logo, que os desafios se apresentem todos de uma vez, que a luta seja uma só, derradeira. Mas a vida é sádica, nos impõe o sofrimento homeopático, o sofrimento gota a gota, a aflição interminável. Aflito. *Adj.* Pessoa tomada pela aflição. O aflito é um perdido no mundo, assombrado por problemas insolúveis. Marx dizia que a sociedade não se coloca um problema que ainda não pode resolver. O aflito, sim, é tomado por todas as questões insolúveis e o objetivo está sempre oculto, sempre além do que consegue vislumbrar e rumo ao qual se lança sempre, desesperado. Resolvido o problema, percebe que não era aquele que o afligia. E está pronto para se enganar com outro. Pensar em loucuras me alerta que tenho que viver. Tenho que viver, abrir os olhos, enfrentar os desafios de minha vida. Pode já ser tarde, embora ainda escuro. Penso em ligar meu celular, me sentiria inundado de mensagens idiotas, seria preciso um esforço enorme para separar o joio do trigo. É engraçado pensar assim na era digital: como separavam antes o joio do trigo? — ridículo, mãos ancestrais catando aqui e ali sementes invasoras — e joio eram plantas? — imagino que seriam sementes, dariam um gosto extravagante ou ruim mesmo para o trigo exigindo aquela paciência de quem cata feijão. Na "cata do feijão" na verdade catam-se pedrinhas e madeirinhas disfarçadas entre os grãos rosados do feijão. Não feijão. Observa-se aqui uma inversão de sentidos, pois catar deveria ser o que de bom há e não o ruim. Nesse esforço de enxergar, pois como catar algo sem enxergar em que meio se está, sem distinguir o que presta e o que não presta, escapando a essa dualidade perigosa? Pois uma coisa, um objeto, um joio pode não servir para uma coisa e servir para outra. Nem adianta manter os olhos abertos. É preciso estar com o pensamento adiante do gesto, ter dele a noção de função, de para-quê. Ter do gesto a consciência de antes e de depois, como se o gesto abrisse uma fenda no espaço e essa fenda fosse como um túnel ligando quartos, sala e cozinha, atravessando quarteirões e ligando ruas, costurando palavras e as tornando discursos, entendimentos, amontoando sentimentos e deles fazendo choros, criando urnas de nossos desejos eletivos. O mundo parece carente desses gestos. Quanta gente já tentou de tudo, gestos coletivos, gestos de coragem, gestos exemplares, gestos de amedrontar e de encorajar, gestos inúteis. Muita gente passou a vida e ainda passa na construção desses desesperados sinais. Cada ser se envolve em suas tentativas como faz o bicho da seda. O invólucro nos atrai embora nos traga tantas incertezas depois. E as incertezas, disso estou certo, é que movem e dirigem o mundo. Abro a internet e a Wikipédia me dá a resposta: Lolium temulentum, *tipicamente conhecida como* joio *(ou cizânia)*, *é uma planta anual pertencente à família* Poaceae *e ao gênero* Lolium. *De talo rígido, pode crescer até 1 metro de altura, com inflorescências na espiga e grão de cor violeta. Usualmente cresce nas mesmas zonas produtoras de trigo e se considera uma erva daninha desse cultivo. A semelhança entre essas duas plantas é tão grande, que em algumas regiões costuma-se denominar o joio como "falso trigo". Pode ser venenosa e uma pequena quantidade de joio colhida e processada junto ao trigo pode comprometer a qualidade do produto obtido. Portanto, vem daí a famosa expressão "é preciso separar o joio do trigo"*. Impressiona... Impressionam as pessoas deitadas na rua. Elas lá estarão interessadas em joios, trigo? As ruas estão mesmo tomadas por esses seres que já não estão interessados em nada. E são muitos, a cada dia mais, contam-se aos milhares. Fecho os olhos, me disseram que não devo olhar, que o olhar os expõe, como vitrines de suas misérias. Logo à direita de meu prédio um homem negro me lembra um peão de meu pai, na roça. Deitado, a roupa rasgada expõe a perna musculosa e em desuso. Como sei, disfarço o olhar, procuro o céu de aviões e andares altos. Pronto, passo. Mas sei que na esquina mesmo, poucos passos depois, a mulher com seu filhinho malvestido que ela manda pedir dinheiro, dinheirinho. Até a mão o menino aprendeu a esticar. Se eu olhasse, a mão viria como um soco peso-pesado, nocauteando a consciência. Por isso não olho, como sempre me recomendam. Não olhar, não olhar, não olhar. O olhar seria um abuso, me dizem: você absorvendo uma imagem que não lhe pertence. A luz vem de lá, do homem negro, da mulher com seu filho já pedinte. O peão de meu pai percebia que via o machado bater ao longe para só ouvir o som depois. "O olho anda mais rápido que o ouvido", dizia ele. Então quem captura mais rápido, o olho, o ouvido, ou o machado, pessoas de rua? Me dói a nuca, de tanto esforço para não ver. Minha senhora, eu gostaria muito de ver seu filho, ele tem quantos anos? Cinco, me diz ela. E ele está calçado, descalço? Descalço... — e arremata: por que o senhor não abre os olhos? Não posso, a senhora tem que viver sem meu olhar de fantasma intruso. Olhando-a vou levar sua imagem para casa, dormir com sua imagem, a imagem de seu filho. A senhora sabe que os índios não gostam de ser fotografados? Eu não sou índia, me diz ela, pode fotografar meu menino para mim, eu que nunca tive uma fotinha dele? A consciência arde na garganta, a nuca endurecida feito pedra. Não posso. Me disseram que não devo olhar. Nem olhar, nem fotografar. E nem filmar. Mas as ruas são convidativas, inundam nosso olhar queiramos ou não. Cenas e sequências se desdobram, como quem invade sua casa sem permissão. Muita violência, muita violência. Tenho saudades da Chapada dos Veadeiros, onde não há nem carros nem moradores de rua. Os cristais, o cerrado cor de ouro. Impossível esquecer. O sol parecia brincar com meus dedos. Eu girava o pequeno cristal em busca de algum efeito que pudesse me aliviar do desespero que há tempos corrói minha alma. A luz caprichosa agora me escapa entre os dedos, busca sua própria liberdade, alheia ao meu sofrimento, indiferente aos meus pedidos. Sim, a luz, a luz. Ergo a mão colocando o cristal diante dos olhos, seria bom que ela ferisse minhas pupilas, seria uma vitória em meio a tantas derrotas. Imagino um arco luminoso, como se eu pudesse obrigar a luz a se dobrar, a render-se aos meus caprichos e sofrimentos. Quantos cristais, quantos pequenos reflexos fugidios pelo caminho! — tudo tão estranho, irreal, no entanto o corpo pesa um, dois, três bois campeiros. O chumbo engolido a vida inteira se aloja agora nos pés feridos, já que eu decidira caminhar a pé. Atiro longe o pequeno cristal, que percorre o espaço como num grito de alegria, livre enfim de meus dedos, vitorioso, desenhando laços de luz pelo espaço encantado do cerrado ralo. Minha imaginação febril atira cristais, uns após os outros, eu tenho muitas mãos, como doida máquina de atirar silêncios e luzes, trançar seus brilhos fugidios, explodir de alegria e festa para os aplausos de alguma multidão inexistente. Indiferente a tudo o sol bate inclemente, ação que os cristais desdenham insidiosamente, refletindo luzes para todos os lados e até mesmo rumo ao próprio sol. Eu já não sei onde estou, caminho a esmo buscando algum sem-fim que a planura se nega a dar, de tal modo tudo se modifica a cada passo, apesar de tudo continuar exatamente como eu iniciara e via em toda a caminhada. Nada muda, tudo muda, nada fica, tudo resta igual, nada voa, tudo despenca e salta, asas, asas, luz feito poeira, encantamento e morte. Acordo como se fosse de manhã, e não era. Era noite. Tudo absurdo, difícil separar o que pudesse ser sonho de uma nesga qualquer da realidade. Chapada dos Veadeiros. Troquei tudo pela cidade. O corpo dói, moído. Me lembra a expressão, "surra de pau". O que queria dizer isso? — que eu teria apanhado com um pedaço de pau?

E quem teria batido? Mais um absurdo. Não me lembro de briga alguma, nem sequer de uma discussão. Claro que sou levado a uma discussão. E às vezes sou duro, não tem negócio, opiniões são opiniões, tenho que sempre levá-las a sério. Tanto as minhas, quanto as de meus contendores, sejam eles amigos ou inimigos. Apalpo partes do corpo, engraçado, não acho uma parte dolorida. O corpo dói como um todo, um corpo-dolorido como que por inteiro. E como eu nunca posso ver meu corpo por inteiro, dói a imagem que faço dele. Já viu imagem doer? — eu caminho pelas trilhas do absurdo, mas a verdade é que o corpo dói. Isso era inegável. Por que eu não encontro então o ponto, a fonte da dor? Penso em absurdos ainda maiores, doeria a imagem que faço de meu corpo, uma dor psicológica, às vezes pior do que a reles dor física que acaba com uma cânfora qualquer. E nem é uma dor contida na imaginação. Não. A imaginação é uma espécie de ponte. Eu imagino o corpo e ele vem dolorido para a imaginação. Adianta nada tentar limpar a mente, exercitar alheamentos, passividades, retenções do tempo, domínios do etéreo e da vontade. Nada, a transposição é que sempre dói, sempre doía. Então, nada de "vidas passadas", psicanalistas, terapeutas, psicólogos, nada. Meu pai diria que a dor estaria no peri-espírito, uma realidade transitória, exatamente ponte entre a matéria de nosso corpo e o espírito. Uma operação difícil, essa de meu pai, imagens de fantasmas arrastando correntes, assustando crianças e velhos solitários. Não, não está ali a dor, existisse ou não essa fantasmagórica forma de corpo. A dor parece sempre estar na passagem, no gesto, no movimento, e não na carne, fosse ela de consistência original ou meia-vida, como sugeria meu pai. Minha dor parece mesmo ser uma dor de movimento. E eu tentando pegá-la, agarrá-la, em vão — me virando na cama para ver onde doía mais. A dor parece zombar de minhas iniciativas experimentalistas. "Dor não se pega", estaria me dizendo ela. "Então não existe", retrucaria eu. Risos. "Rindo de quê?" — perguntaria eu. "Você pega estrelas?". Eu responderia afirmativamente, "pego as que imagino". Algum silêncio depois — um tempo que me daria a sensação de vitória — explodiria o grito de ódio da Dor em meu quarto ou meus ouvidos, sim, nos meus ouvidos, para que ninguém mais ouvisse. "Você se atreve a me contestar, ínfimo e desprezível ser". Eu é que reagiria, lutando pelo respeito à minha dignidade. "Dói, mas não me rendo". Gargalhadas. "Onde você está?" — arrisco. "Em você, claro". "Já te procurei pelo corpo inteiro". "E onde já se viu me encontrar em algum lugar, se sou exatamente a falta de lugar?". Eu não posso entender. Penso em meu pai, o peri-espírito, não, não seria mesmo aquilo. "Não existe isso, falta de lugar. Lugar existe ou não existe!". Risos de uma ironia irritante. Eu me viro na cama, o olhar perscrutando os cantos do quarto e os sentidos examinando minha alma. Dói mais. E a dor maior poderia vir como vingança. Mas eu não posso aceitar aquilo. Olho de novo o relógio, eu costumo dormir cedo, nove ou dez horas da noite, acordo cedo, seis, sete horas da manhã. O relógio aponta sete horas, mas, acionando o botãozinho central, ali estava a hora certa, dezenove. Sete da noite! Eu não poderia ter dormido tanto, dezesseis, dezessete horas. Desistido de encontrar o lugar da dor, me levanto com o cuidado de me apoiar na cabeceira de metal da cama. Eu nunca confio em meu corpo, como se dele tivesse vindo já uma traição, o doer sem razão e sem lugar. Difícil me levantar. Parece mais uma vontade contra a natureza, um absurdo incompreensível, de tal modo que o corpo se faz de mole, entregue — e a cabeça teima em girar no sentido da cama, para onde já estavam virados meus olhos espantados. Sem forças para reagir, apesar de lutar até ao desespero, vejo meu corpo tombar de novo sobre o colchão macio de minha cama, sobre os restos de uma noite amorosa e mercenária. Agora já não sei onde estou, em que mundo, em que lugar, em que dimensão. Lá de fora o som repetitivo da escola de samba do bairro. Um pássaro bica teimosamente a vidraça de meu quarto. Me olha e grita! Não dou bola para ele, o pássaro começa a rir, gargalha como meu falecido pai, um riso comprido, repicado como escada ora abaixo ora acima. Rirá de mim? — seu olhar parece dirigido para a roupa de marinheiro sobre a cadeira. Deve imaginar como vou ficar ridículo com roupas de marinheiro para o desfile. Ah eu não queria, eu não queria, por que aceito coisas que não quero? E eu que não gosto de carnaval. Nem de carnaval, nem de sambinha, nem de fundo de quintal, nem de artesanato de bambu, bonequinhos de barro, nem de nada. Nada? — procuro no fundo do coração alguma coisa de que goste, chega a doer, o tanto que espremo o magro peito. Nada. Não pode ser! — e pé-de-moleque? e doce de abóbora, de figo, pêssego — e broa de milho, andar a cavalo, trepar? O pássaro recomeça seus gritos, estará drogado? Grito avisando a ele que o carnaval ainda está longe e que decidi não ir. O pássaro recomeça a rir. Mas agora não gargalha, ri um risinho idiota, em seu bico afiado. Olhando bem para ele, vejo que é careca. Algum galo terá subido em suas costas, fazendo-o de galinha. Só pode ser. Pássaro idiota, galinha de cabeça nua. Ah, cabeça! Cabeça, parte superior ou dianteira dos animais. Superior se o animal está de pé, claro. Ali estão muitos dos captadores de nossos sentidos, como os olhos, o nariz, os ouvidos. E a boca, de todos eles a mais terrível, pois além de instrumento de devoração é o mais importante instrumento de comunicação dos animais chamados superiores, como o homem e, principalmente, a mulher, apesar de que tenho achado as mulheres silenciosas demais, silentes. É preciso que falem, que falem mais. Poesias, maldição, espanto, maledicência, mexerico, ameaças, mentiras inteiras, meias verdades. É que a boca, como instrumento, nem sempre entende o que se passa na cabeça como um todo e de como certas partes do cérebro, captando mensagens do mundo exterior, podem criar um universo próprio onde seres imaginários brincam de como se enganarem uns aos outros, jogando o infeliz animal em permanente confusão. Meu pai dizia para atentar que cabeça não é só para usar chapéu. Um amigo de infância reclamava que cabeça só servia para doer. A palavra serve de raiz para um monte de desígnios dos seres humanos, cada um apontando ora nossa fragilidade, ora nossa estupidez, nossa ignorância, como cabeças-chatas, cabeçudos, cabeças-de-bagres, cabe-ças-de-vento, além de "cabeçadas" para as besteiras que fazemos a vida inteira. O bêbado Salustre, frequentador de meu bar — que também é o bar de Luzilene —, tem o maior zelo pela cabeça humana (que ele confunde com "cérebro"), até mesmo porque, diz ele, só uma cabeça muito boa podia, não só ter inventado o álcool, como descobrir que a invenção fazia tamanho bem para a própria cabeça. Fiz um gesto sutil de reprovação (ah, maldita boca, maldita cabeça!) e foi o suficiente para desencadear em Salustre uma onda de revolta e violência. Não uma violência física, mas verbal. Era uma demonstração impressionante de erudição que me fazia girar a cabeça e me colocar a questão de quem era realmente aquele homem de rua que eu pensava conhecer bem apenas porque o imaginava vazio de passado, de história, de vida pessoal. Era um bêbado, como um objeto decifrado, previsível. Ledo, ledo engano. Salustre começou a discorrer como aconteceu a descoberta do álcool, partindo dos fatos mais primitivos, o uso de frutas muito doces que fermentavam ao serem digeridas e mesmo o prazer de muitos animais de usarem de frutas já fermentadas pelo prazer onírico que elas proporcionavam, fazendo elefantes voarem, macacos discursarem, peixes se arrastarem pela savana, bandos de aves dançarem em coreografias celestes. Os homens primitivos nasceram já com essa experiência fundamental, até aprenderem a isolar o elemento ativo dessas fermentações e darem a ele diversos nomes como cachaça, pinga, branquinha, birita, aquela-que-matou-o-guarda, a tal, caninha, marvada, água-que-passarinho-não-bebe, uma centena de nomes como se, pela intensidade de prazer (e dependência), um nome só fosse incapaz de traduzir todo o significado dessa invenção humana. Tive que escutar calado e, por puro espanto diante desse inesperado e notável conhecimento, expressar, com minha cabeça zonza, alguma aprovação antes que o furioso Salustre resolvesse atacá-la (sim, minha cabeça) com a cadeira em que se apoiava, as mãos crispadas no aro superior do encosto rústico (e pesado). Um bar é sempre assim, uma universidade imprescindível nas grandes cidades. Pois ali jogamos fora ideias, muitas ideias e isso é o que de melhor podemos fazer pela cidade, pelo país, pelo mundo.

## POEIRA

*(A infância não existe, é pura imaginação)*

Cansado do puxa-puxa e do diálogo sem fim, meu tio saltou sobre o tempo e os poucos degraus de entrada de minha casa e me arrancou dos braços de minha mãe. "É preciso, Neném", dizia ele, e minha mãe me olhava compenetrada, tendente ao tom severo com que costumava nos repreender. Eu não podia entender. Como é que minha mãe me entregava assim, me jogava no abismo de um destino sombrio que só de olhar para a cara de meu tio eu podia imaginar, estradas sem fim, castigos, broncas, atoleiros, nenhum carinho, longe do pai e da mãe e dos manos. "É preciso Neném", e neném nem era eu, apesar de ser ainda tão pequeno mesmo para meus nove anos, o menor de minha turma, o pesadelo da predestinação de ser pequeno, de não crescer. Neném era minha mãe, apelido de baixinha, a cara um tanto infantil que ocultava o espírito de leoa e a perseverança de um baobá. Era preciso, e meus braços iam se marcando de vermelho e roxo, puxados sem dó nem piedade para a boca do inferno, isso é o que eu via nos desígnios maliciosos do olhar disfarçadamente despretensioso de meu tio, ele que costumava nos embaraçar com o risinho cínico, às vezes sarcástico mesmo, com que arrematava frases demolidoras sobre quem quer que fosse, estivesse a vítima presente ou não, viva ou morta e não importava se com mais ou menos poder na sociedade e se contava ou não com o respeito imposto em casa por minha mãe, cujas opiniões sacramentavam obediências em todos os que com ela conviviam, menos meu tio. Pois meu tio Cícero era isso, a impossibilidade de qualquer acordo razoável, de qualquer obediência, de qualquer formalidade culta ou respeitosa. Por trás do ar circunspecto com que ouvia as ralhações de minha mãe, ali estava o sorrisinho matreiro e demolidor. Como é que minha mãe permitia então que ele me levasse assim? Ao fundo da sala minha irmã mais velha surgia, ainda era madrugada, mal-dormida, coçando os olhos, a Dagmar: eu vou também, mãe, para cuidar do Batista? — minha mãe tinha um hábito assim, de torcer a boca no rápido gesto de olhadela crítica, de tal modo que a pergunta ficava sem resposta, mas dolorosamente respondida com todas as respostas do mundo. Dagmar se recolhia no seu espanto, protegida apenas pela satisfação de ter cumprido seu dever, se oferecendo para algum serviço que pudesse agradar ao humor incerto de minha mãe. Meu pai, de chapéu dentro de casa, minha mãe sarcástica, irritada com o cotidiano, a repetição. "Vai chover aí na sala, Fernandinho?". Meu pai olhava severo para a cena, ele tinha aquele ar empinado, única herança dos antepassados alemães e da riqueza perdida ainda na infância, poder e dinheiro que viu se escoarem pelas mãos trêmulas e delicadas de minha avó, ex-Sacré Coeur, crescida nas ilusões das luzes do século XX, depois enfurnada entre matas viscerais habitadas por mitos terríveis, perigosos Caiapós, cobras e onças assassinas, para depois sucumbir na ladeira do empobrecimento por não saber reter as rédeas da fortuna quando morreu meu avô, sendo meu pai o mais velho, com a idade que eu tinha naquele instante em que meu tio me levava arrastado para o caminhão carregado de café e desventuras. Meu pai, às voltas com seu chapéu e o bigode aparado, parecia mais um fantasma, quieto, introspectivo, como se olhasse a cena não vendo o que eu queria que ele visse, mas na certa vendo seu próprio pai, o Capitão Cego às voltas com o que não podia ver mas sabia imaginar, não podia pegar mas podia reter com a poderosa voz que atravessava portas e paredes e quintais em busca daqueles a quem queria ao alcance de suas mãos justiceiras e certas, desde as pequenas faltas como as traquinagens do Chiquito, irmão mais novo de meu pai, até ilusões de impunidade que pudessem eventualmente ter afugentado um ou outro interesseiro ou malandro que se acercasse de sua propriedade ou de sua gente ou mesmo ainda de ingênuos pecados de ex-escravos que por falta de outras opções ficavam ali juramentados de trabalhadores livres fazendo sempre o mesmo que faziam quando escravos e recebendo sempre o mesmo nada que meu avô lhes pagava como qualquer outro avô e também merecendo os mesmos castigos muitas vezes infrações infantis pelas quais eram punidos como crianças, afinal assaltavam mais os doces e as frutas do quintal do que a fortuna e as terras de meu avô. De tal forma que eu, ali arrastado pelo tio, era ele o pai de meu pai e era também o irmão de meu pai e meu espanto era seu espanto e minha dor era sua dor e meu desentendimento era o seu desentendimento e minha mãe era sua doce mãe Clementina que o salvava da ira do pai que nele batia como costumava fazer com seus escravos agora ex mas sempre escravos da mesma forma pois da mesma forma dependiam dele e da mesma forma apanhavam dele e meu avô nem separava privilégio, o chicote cantava em negros e filhos e filhas com o mesmo senso de direito e de dever, com a mesma força e a mesma precisão e os mesmos motivos. Meu avô, sendo cego, e engenheiro, tinha desse mundo um mapa reto traçado na imaginação desde os primeiros instantes de sua vida, um mapa carregado de desígnios e imaginações, de tal modo que as coisas deveriam seguir, por toda sua vida, os caminhos por ele traçados e atravessar os perigos assinalados e pontes e defesas adrede construídas e as pernas deveriam saltar no momento certo os obstáculos enumerados e as cabeças deveriam estar sempre prontas, como os nervos e os músculos de pernas e braços, para os certeiros saltos e as mãos deveriam estar justamente abertas no instante preciso para agarrar a chance no momento mais efêmero e as bocas prontas para o alimento farto fruto de tantas certezas e plantios e os olhares de quem enxergasse que se dirigissem sempre para o horizonte infinito que assim é, infinito, até o impossível ponto de encontro de todas as imaginárias retas com a irrepreensível retidão de seu caráter de cego. Meu pai jamais interferiria, conhecia também o trejeito do olhar instantâneo e mortal de minha mãe, o entortar de boca condenatório que feria olhos e moral como veneno em ponta de faca, temia o vocabulário articulado e ferino que ofendia ao mesmo tempo em que assoprava e ao mesmo tempo em que derramava sobre o ferido o leite do supremo carinho e a dedicação mais extremada de mãe e mulher e professora, de tal forma que o medo e a dor haveriam sempre de conviver com o prazer e o bom e o doce e também com a delícia mineira de broas e balas e pães e queijos feitos na mais extrema maestria por aquelas mãos que nem Deus saberia explicar quem as movia diante do contraste daqueles precisos movimentos e tempos com o enigma do olhar perdido, como ganchos em busca de repostas para tantas perguntas e tantas angústias e tantos nós por desfazer e tantos sonhos carregados desde que ainda era a pobre-menina de mãe-Loma-quase-analfabeta e pai-Alfredo, esse sim, analfabeto por inteiro, como Deus o pôs no mundo acrescido apenas do aprendizado da vida que consiste em saber ganhar algum dinheiro e dissimular a própria ignorância e usar raízes e folhas e cascas como um bom índio e também saber misturar essas coisas da natureza com a água de tantos alambiques quanto podia alcançar e conhecer e tantas vendas pudesse frequentar e onde pudesse pendurar suas contas intermináveis e, é verdade, quanto mais longe do olhar e do conhecimento de vó Loma pois essa, tal e qual minha mãe, costumava reduzir a pó os pecadores flagrados por sua incompreensível intuição e perspicácia, que as tornavam capazes, ela e minha mãe, de adivinhar os mínimos pecados, às vezes ainda mal nascidos, e os mínimos desejos pecaminosos e os mínimos comportamentos indigentes e a mínima semelhança entre os filhos e qualquer antepassado menos glorioso ou qualquer indesejável socialmente, assim como eram também capazes de apreender em nosso afeto o mínimo desprezo por quem quer que fosse da família como se só elas, mãe e avó, pudessem exercitar o dom da crítica e praticar a tarefa de consertar o errado entre nós mesmos e nossa gente, de tal forma que deveríamos estar defendidos da maledicência alheia pois perante eles deveríamos ser sempre os melhores do mundo. Meu avô, o que enxergava, agia como meu pai, enfrentava a mulher estoicamente e se impermeabilizava na convicta integração à natureza. Vivia assim, tomado pela bebida, a pinga que engolia grosseiramente do coité de casca de coco ornado a prata, marcando a pinga escura com o gosto amargo do café e entremeando os goles com bocadas de pimentas vermelhas que já nem mal nem ardência provocavam mais em sua língua de velho mestiço de negro e índio. Deve ser por isso, por essa mistura, caldo de sangues e dificuldades, dessa história infinita de miscigenações e lutas, DNAs multiplamente compostos, gerando vidas rústicas e resistentes como rochas brutas, vislumbres de futuros sempre melhores, utopias, ilusões, deve então ter sido por isso, por essa racionalidade extrema costurada no âmago da vida, em sua substância mesmo, em sua escala de sobrevivência, que minha mãe tinha aquele olhar severo e tendente a frio, me olhando ser arrastado por meu tio, deixando-me ser arrancado de seus braços de mãe para algum destino cruel que eu mal conseguia definir embora a imaginação queimasse meu corpo de medo e desespero, incapaz de compreender um mundo onde gestos tão contraditórios quais sejam os de criar um ser delicado e frágil, como um brinquedo envolto em cetim, embebê-lo depois de leite e carinho, prometer-lhe um mundo de rosas e cheiros, alienálo de todos os espinhos e de todos os medos, ampará-lo entre seios e beijos como se a ventura pudesse alguma vez ser eterna, orientar seus olhos para os brilhos de festa e música, elevar seus desejos ao pico de todas as possibilidades do mundo para depois arremessá-lo no deserto de todas as dificuldades e das mais cruéis incertezas que o criador, acima de qualquer mortal, pudesse inventar. Meus braços eram assim riscados e marcados como um imenso escape, um fio infinito de desespero de quem é tirado de si mesmo, de quem é arrancado do próprio sono e da própria vida, pois a bem dizer o que ficava ali, para trás, nos braços de minha mãe, era minha própria vida.

## VAMOS COMEÇAR OUTRA VEZ?

*(Ou de como tudo pode parecer diferente quando se olha para trás e o mundo anda para frente)*

"Mãe!"

Revendo minha própria vida e em benefício de alguma verdade e de algum exótico (certamente não brasileiro) senso de justiça e ética que porventura ainda possa ter lugar nesse mundo, me vejo na contingência de uma análise fria do texto que até aqui atormentou o leitor com tantas lamúrias e pinceladas quilométricas de tantos personagens e parentes (um nepotismo literário?) e de tantos regionalismos e incongruências como uma pílula multicomposta por fragmentos de milhares de cascas e raízes e folhas e frutos exóticos de sabores duvidosos que o autor pelo menos insinua bem dominar e que tenta enfiar goela-abaixo de seus leitores imaginando que assim os pode ir conquistando sem qualquer crítica, pasmos que ficam, perplexos, hipnotizados por tantos descaminhos e brilhos incertos como folhas largadas ao vento, conflitos mimetizados e lacrados em matreiros frascos diminutos que podem ser espalhados como pragas pelos caminhos e desvios para que possam ser catados pelos incautos que se deixarem aprisionar por uma prosa tão sinuosa e condenável — condenável pois que pode estar ferindo alguma ética, não sei se há algum sindicato das palavras — e um sindicato de seus encadeamentos também —, pois não bastaria julgar só as palavras porque elas, coitadas, sozinhas, de pouco valem, apesar de tantos afirmarem justamente o contrário, "a palavra é tudo", dizem, mesmo que no mercado das certezas, promessas e juras, elas já teriam demonstrado, como pequenas prostitutas, volúveis margaridas, fugidias borboletas, dissimulados demônios, nada valerem e para nada servirem a não ser para dissimular o que realmente pensa aquele que as pronuncia mesmo sem qualquer tremor de lábios e sem qualquer iniquidade nos gestos e olhares e sem quaisquer vislumbres de uma mínima patifaria política dessas a que estamos tão acostumados nos dias de hoje e de ontem e, temo, que em todos os dias de todo o sempre. Mas aqui se trata de literatura e me pesam as responsabilidades hieráticas não tanto por qualquer possibilidade de repreensão por parte dos tais sindicatos de palavras e frases, cujas viabilidades eu gostaria de discutir mais tarde, mas pelo temor descarado de que os próprios leitores pudessem se rebelar diante de tal liberdade e de tão insensata licenciosidade para com o uso da coisa pública que são as letras ("coisa pública", lembram-se da comparação palavra-puta?). Pois que há de se exigir do escritor um mínimo de coerência: — Como pode querer se aventurar nos desígnios de Deus e nos destinos humanos, em suas venturas e desventuras, grandezas e iniqüidades; como pode querer desvendar gestos humanos e buscar neles qualquer sinal de grandeza diante da imensidão da tarefa maior que é viver se, para viver, o mundo nada nos pede, nem que sejamos honestos, nem puros, nem castos, nem mesmo coerentes; como pode um autor prometer descer ao inferno da existência e da eternidade, e ainda oferecer como sobremesa a ventura de elevar seus leitores às delícias do paraíso se seu texto começa por dissimular o que deseja e a travestir os sentimentos alfa com as roupagens dúbias dos betas e gamas, apelando grosseiramente para a dialética da separação, a dolorosa separação mãe-filho que tanta literatura já rendeu e que ainda vende tanto? Pois bem, minha mãe Neném nem me agarrava nem me torturava com o olhar de mãe coragem nem me puxava com qualquer laivo profissional de lavadeira que apenas puxa o pano de sua roupa-pano desprovida de qualquer conteúdo vivo — e nem me oprimia com qualquer olhar oblíquo e nem me desconcertava com seu sorriso ínfimo de canto distorcido de boca, sorriso capaz de reduzir meus irmãos a pó e de me arremessar ao canto mais escuro do purgatório. Eu tinha a cabeça pendida para fora do velho sofá encostado à parede do fundo, onde cobria a mancha de umidade que corroía primeiro a tinta e o reboco gasto para depois comprometer a estrutura mal desenhada e mal construída da casa em que morávamos, comprada com o sacrifício de professora mas que já era devida a um velho compadre de meu pai por conta de dívidas sem fim assumidas por sonhos infelizes dele, meu pai, e sua obsessão em construir de novo o castelo de fortuna e poder que vira se escoar pelos dedos de minha avó quando ele ainda era a criança que todos já sabemos. A verdade, então, é que eu sonhava. Sonhava com minha mãe, era isso, o absurdo dela estar me doando para meu tio, como fizera a mãe do Sebastião doando-o, diante de meu mudo espanto e perplexidade, para minha tia Duca, como uma coisa que se doa, que se dá, simplesmente, como se dá uma roupa, um sapato, um animal. E ele era negro, então era como doar um escravo. Sebastião era da minha idade e então a cena da doação era como um ponto obscuro em minha consciência e uma indagação que nunca se formulava e um medo que nunca se expressava e um espanto que nunca se acabava, sentimento opaco que se alimentava das lembranças, era para lá, para a casa de outros tios que eu iria com o Tio Cícero, lá onde vivia Sebastião, doado, menino escravo e na minha mente a pergunta, ainda havia escravidão? — as noites junto ao insistente monjolo, luz de lamparina lavando os trens como tantas obrigações de negro em que eu me esforçava nem sei se para ajudar ou para compreender, ele era mais forte ou a obrigação imposta o fazia mais forte? E então minha mente era povoada por esses pesadelos, minha mãe seria como a preta Tinhana, mãe do Sebastião, que sendo negra parece que ainda se via como escrava, eternamente agradecida por viver e por comer e poder se vestir com tantos trapos e remendos de roupas e sobras de nossas roupas. E falava com uma gagueira estranha como se por trás da língua com que se expressava para que a entendêssemos, mesmo que aos pedaços, por trás daquele sotaque entrecortado de pigarros, houvesse alguma outra língua, essa sim fluente e doce que seria sua própria língua, a sonoridade de um sopro contínuo e o zumbido leve e repousante de uma cigarra ao longe com a sonoridade de uma dança onde a imaginação parecia poder girar sobre si mesma e criar assim seu próprio espaço e sua própria liberdade. Tinhana. Acordei, o pescoço dolorido da posição, eu me deitara ali no sofá, junto ao bafo úmido da parede da sala, justamente para não perder a hora da vinda de meu tio. Me apoiara na mochila de pano cuidadosamente arrumada por minha mãe, o embornal cheirando a frango, o saco de biscoitos embaixo de meu braço pendente, a mão arranhando o chão de cimento liso que minha mãe trazia no capricho de salão imperial, tanta cera, tanto escovão passado pelos filhos, o brilho impecável do cimento fuleiro travestido de tanto luxo. Abri os olhos desmesuradamente, o susto maior que eu temia seria o de ter despertado tarde, o de ter perdido a viagem com meu tio, viagem sonhada por todo o semestre, como em todos os anos. Minha mãe simplesmente me olhava, era tão diferente de Tinhana apesar da pele tendente ao negro e os lábios e o nariz achatado, tão fortes sinais de negritude. Mas era minha mãe e minha mãe não me doaria como Tinhana doara o Sebastião. Tinha agora a mão direita em meu braço deslizando para trás enquanto meu tio me puxava para fora, ele sim, já cansado de esperar a indecisão de minha mãe se eu iria ou não com ele, se ganharia o mundo com ele ou teria que passar as férias todas debaixo da saia dela, sujeito aos beliscões precisos e doídos da mais mandona das mulheres, dona dos dedos mais poderosos jamais vistos em qualquer outra mãe em toda a cruel história de todo o mundo. Minha mãe era assim, responsabilidade demais, apego demais. E conjugava esses excessos com outro de difícil conluio com os primeiros: o de se preparar para o futuro, de elevar tudo e todos que a cercavam ao cume da respeitabilidade, do sucesso e da consideração. Vivia assim como que entre duas realidades, obsessivamente voltada para um futuro cuidadosamente tecido em seus sonhos desde menina, mas consciente de que haveria de buscar sua força em si mesma e na sua origem e na sua pele escura e na sua pobreza e na sua falta de oportunidades. Ali, no interior de todas essas impossibilidades, no pântano da história de sua própria família, é que buscaria linha e agulha para costurar, nó por nó, passo por passo, o caminho para o reconhecimento e a ventura, mesmo que essa força advinda do passado servisse, ao final, para um jogo ambíguo de negação e defesa, como se se pudesse atacar uma coisa por um certo valor a ela intrínseco e defender a mesma coisa por esse mesmo valor, tudo de acordo com a circunstância, dando ao presente o poder divino de tudo avaliar e reavaliar com toda a pureza e certeza do mundo. O passado então parecia ambíguo em suas palavras e atos: era o pântano e, ao mesmo tempo, a força. A família era, ao mesmo tempo, o desregramento condenável e o exemplo de luta. O tio sempre bêbado era um excelente músico, embora se emaranhasse, por via de seu charme de músico, por aventuras amorosas condenáveis. Era bom músico, mas era malandro, mas era bom músico, mas era malandro, mas era bom músico... Meu avô Alfredo, o que fazia ele? — minha mãe se esquivava, o pai era um dom da natureza, conhecedor de plantas, cascas, folhas, raízes, ás da medicina popular, enciclopédia da cultura indígena, embora desorientado por esse vasto cerrado, sem destino certo na vida, entre vendas e casas de parentes, enquanto minha avó cuidava de criar os filhos. Era irresponsável, mas sábio, mas irresponsável, mas sábio, como às vezes era negro, era índio, senhor das plantas e dos animais e às vezes era branco, branco, branco, imaculado, fino... Desta maneira, minha mãe vivia, aí sim, silenciosamente, o confronto com a história de meu próprio pai, a família aristocrática do Capitão Cego, o engenheiro, e da letrada avó Clementina, mãe de meu pai, com suas mãos de princesa, as estantes pesadas de livros e o empobrecimento que marcara para sempre a vida de meu pai, a quem não fora dada a força e a sorte necessárias para uma saída. Respeitando o sofrimento de meu pai, minha mãe jamais externou o que no fundo desejava com todas as suas forças e preces: a vitória da luta pelo futuro contra o desespero da perda no passado. Meu pai era assim, a força, a luta obstinada, e não o cotidiano de seus projetos fracassados e as sucessivas decaídas no fanatismo religioso com que purgava o sofrimento carregando velas e bonecos de cera nas mãos calejadas de tentar e tentar, o sopro corrosivo do Capitão Cego, seu pai, a lhe cobrar vinganças contra os que lhe surrupiaram a fortuna depois de morto, a exigir que grão por grão dessa batalha perdida fosse de novo conquistado pelo filho mais velho.

O verso do reverso

Meu olhar, na verdade, vinha de longe, adocicado por um negrume de jabuticabas inúteis que agora mais pareciam mantos negros de luto, tanto carinho, tanta água, olhares, desejos, passos repetidos, cada gesto quase centenário, repetido no doce cotidiano da suave velhice de meus pais. Pobre mãe. Sua lembrança me confundia o sonho, ela estava ali a poucos passos, no dobrar da porta de seu quarto soturno, a vela na mão, alguém ainda teve tempo, teve espírito, fechando sua mão sobre a vela, luz única do quarto tenebroso que levava minha mãe, minha infância — e com eles tantos enigmas, olhares indecifráveis, gestos enigmáticos da vida inteira, sofrimentos, sonhos, ilusões. Meu tio repetia e repetia seu gesto carregado de ironias, me arrastava a infância para o mundo, minha mãe sorria inundando a sala com sua vida, sua presença, sinalizava que eu fosse, deus do céu, eu não via ali nenhuma dor, nenhum medo que eu me perdesse, nenhum senão, e meu tio com seu sorriso de anunciação demoníaca, de promessas indecorosas vida afora, eu buscava nela o não, a proteção, só via, pelo contrário, o olhar de cumplicidade que só se perdia incomodado com meu pai, meu pai a andar de um lado para outro pela sala, o chapéu de sempre sobre a cabeça pequenina, o nariz afilado de orgulho ingênuo, retrato da riqueza e nobreza perdidos na infância, os traços do pai, Capitão Cego, este sim, que arrebitava o nariz e comandava detalhes e almas sem ver luz alguma de uma só de suas centenas de lamparinas. Tio Cícero sorria feliz, venceria, o mundo ganharia minha vida, quando a mulher me acordou num arranco, vem, se quiser ver sua mãe ainda com vida, vem, e minha mãe era um soluço só, o corpo pedia para ficar só, que a alma sofrida o deixasse para sempre, que atravessasse a suplicante luz da vela que segurava com mão de ferro. Ela, sim, iria embora, deixando meu pai como um fantasma errático, pela casa, como um traste, enrolado de panos que sujava feito um bebê, o olhar subitamente inexpressivo como quem já não quer apreender nada desse mundo, já que a alma seguira junto com minha mãe pela eternidade. Vem, me chamou o tio. Seguimos para o quintal, deixando na sala irmãos e irmãs, Dagmar, Zizinho, Geraldo e as duas mais novas que não fizeram parte de minha infância, criadas meio como irmãs meio como filhas, Zezé e Fatinha, agora como todos diante do inevitável, do cheiro de fim, o amargo, o espaço indefinível entre a vida e a morte, tantas histórias, a vida se escoando entre dedos e olhares. Meu tio interrompeu meus pensamentos puxando-me com insistência porta afora rumo ao quintal onde novamente aprendi a me deliciar com os frutos negros e doces das jabuticabeiras carregadas de dádivas, histórias e frutos. Meu tio sorria, sábio, e era fim da tarde e na casa de meus pais já nem nos lembrávamos deles, antes nos assaltava a lembrança de que seria preciso vender a casa, distribuir os móveis, pagar as dívidas, dividir pratos e talheres, panos, disputar detalhes e lembranças antes que o dia amanhecesse e a saudade nos humanizasse de novo.

# PEQUENO

Eu mato? Eu mato? Pequeno tremia, com as duas mãos segurando a arma, um pesado e antigo 38 tomado de algum policial. Mato? Mato? Uma mulher, com seus cinquenta anos, gorda, dizia conhecer o menino, chamavam-no de Pequeno, foragido desde os doze, quando escapou da FEBEM.[2] Pequeno não costumava fazer esse tipo de pergunta. O costume era atirar primeiro, perguntar depois. Agora, cercado de curiosos, muitos deles com a violência estampada nos olhos, Pequeno parecia uma fera encantoada. A rua escorria em seu cotidiano de rio humano, milhares de anônimos. Pequeno tentara assaltar um homem, viu-se repentinamente cercado. Com seus quinze anos de vida, parecia um adulto. E selvagem. Seu olhar me incomodava, olhar de fera. Como podia, com apenas quinze anos? Eu mesmo fugia da pergunta, fugia de ter que responder quem fez dele essa máquina de matar. Atirava num palito de fósforo a dez metros, fazendo-o incendiar — afirmava a mulher que dizia conhecê-lo. Quebrar fundo de garrafa com a bala passando pelo gargalo, cortar talo de manga, atirar no olho de galinha, matar pombas voando, ratos em disparada, ponta de cigarro? Sem erro. Esse era o brinquedo do menino. Nada de carrinhos, estilingues, essas bobagens. Tinha oito anos quando descobriu no armário do pai, um militar, o treisoitão. Pobre pai, pobre mãe. Ele os odiava: bebiam, brigavam, batiam nele. Pequeno era a rapa do tacho, vinte e cinco anos mais novo que o mais novo dos outros filhos. Os irmãos fingiam que não o viam. E os pais, envelhecidos, aposentados, sem nada para fazer, bebiam. Beber, jogar, ver TV,

---

[2] Fundação Bem-Estar do Menor (FEBEM), instituição criada pelo governo para abrigar crianças e adolescentes abandonados por seus representantes legais ou que caíram na delinquência. (N. do E.)

dormir, acordar, jogar, ver TV, beber. Enfurecidos com a vida sem sentido, descontavam no menino. Daí o corpo cheio de marcas. O revólver, um dia, parecia maior que ele. Pai e mãe olhavam sem medo, sem espanto. Pequeno não entendia. Os pais pareciam pedir mesmo que ele fizesse aquilo. Seria um alívio, sair daquele vida besta. A liberdade sairia das mãos miúdas do menino. Vai, filho, atira — parecia dizer o pai. Não erra, meu filho, não erra — sussurrava a mãe, num tom de carinho que Pequeno desconhecia. "Agora me tratam bem", pensava. O treisoitão tem essa vantagem, esse dom, coisa que ele descobriu naquele momento. Ele ainda ficou ali um tempo, equilibrando aquele peso danado nas mãos pequenas, os olhos fixos nos olhos do pai e da mãe. Agora observava melhor como o destino havia cruzado nele traços de um e de outro. Poderia, num só golpe, acabar com tudo aquilo. As orelhas abertas, do pai, o nariz largo da mãe, o queixo fino do pai, os olhos meigos da mãe, o peito miúdo do pai, o sorriso... Aquele sorriso, o pai sorria para ele, mostrava os dentes mal alinhados e sujos de cigarro. Seria mesmo um sorriso? Nunca havia visto o pai sorrir. Os dentes eram como os seus, desalinhados, disformes, um canino cobrindo parte de um incisivo, como se a boca fosse pequena para tanto dente. Aquela imagem era como um vácuo em sua cabeça. Um nada. Apertou o gatilho como se brincasse de bang-bang. Dois tiros, antes que aqueles seres estranhos e malditos o agredissem.

# ÉTICA PELAS METADES

O que o homem de barba preta pedia me atormentava um pouco, mas ele me oferecia a metade de seu sanduíche. Metade de uma comida ainda é comida. E mesmo metade da metade e até metade ainda dessa metade ainda é comida, embora meu estômago pareça sempre o dobro de tudo que me dão ou é que sempre me dão só as metades.

Nesse caso era só uma a divisão, a metade. E a manteiga se derramando por entre os dedos, o salame e o queijo, o pão ensebado, gordo.

O homem, sentado no banquinho do *pit-dog*, me prometia, se eu fizesse o que ele queria.

Eu olhava para o desafio, o que ele me pedia era esquisito.

Mas ele me daria a metade do sanduíche.

E se eu não resolvesse logo, se não dissesse sim — eu aceito, eu faço —, logo não sobraria nada mais que a metade da metade e assim até o mínimo grão de oferta.

Sim sim, sim sim, eu faço.

Minha mão ia pesada, não que não quisesse ir, mas o braço que a levava ia lerdo, como que não indo, se recusando, cheio de nhem-nhem-nhem, titubioso, negando o favor à mão dominada pelo meu desejo e necessidade. O gosto agridoce de manteiga e salame entrava boca adentro, invadia o palato, desembocava pelo crânio adentro, nadando entre a massa encefálica entre os sins e os nãos da mente e das regras até bater no centro da decisão e ordenar à mão.

Sim, a mão ia, pesada mas ia.

Mas o braço, ah o braço, cheio de manhas, parte de minha vontade e desvontade, faz, obedece ao meu mando e se opõe, com critério próprio.

E o que eu deveria fazer era simples, parecia tão simples.

O homem de barba preta me olhava insinuante, havia um certo sorriso na boca melosa de manteiga e salame, um sorriso de quem sabe que vai conseguir e ao mesmo tempo de que o que pede é um problema, uma encrenca, coisa que eu podia ler em seus olhos por detrás dos óculos pesados, vidros de garrafa.

E eu me perguntava por que ele mesmo não fazia o que me pedia para fazer, já que, se o fizesse ele mesmo, nem precisava repartir o sanduíche, ou, no caso, a metade do sanduíche. E nem perder tempo com um manco.

Teria ele percebido que eu mancava?

A perna me traía, fruto de pancada, coisas de rua, briga por moedas atiradas de carro. Os motoristas também me olhavam, o mesmo tipo de sorriso, como quem faz um gesto e sabe as consequências, sabe que alguém vai se matar por causa daquele gesto e depois se vai, olhando pelo retrovisor os pobres diabos se digladiando pelas moedas. Naquele dia ele havia jogado um punhado, catamos muitas. O que cada um de nós três catamos era mais do que suficiente, mas a catação vira um hábito súbito e violento, cada um quer catar mais, pois se há mais e cada um já está catando, qual o limite próprio do gesto de catar?

Sabíamos todos que não devíamos carregar muito dinheiro.

Dinheiro atrai ladrões, violência e morte.

Morre-se por tão pouco...

Mas qual é também o limite do querer?

E há também o prazer da disputa, as moedas eram símbolos de poder.

Naquele dia eu me tornei manco, para o resto da vida.

Eu pensei em dizer não ao homem da barba preta, pra desgosto da boca e do olhar sobre a quase minha metade do sanduíche. Foi quando a boca real, a boca dona, a boca cuja mente mandava também nos braços e nas mãos e nos dedos, sem revoltas, sem titubeios, a boca da barba, arrancou outro naco, me deixando como oferta a metade da metade.

Mas ainda era uma metade.

A banha se derretia no calor da boca maldita.

Dedos melados.

Olhares insinuantes, irônicos.

Lábios brilhantes, ameaçadores, mostrando dentes sujos.

Palitar ali seria se alimentar, insinuava.

Eu tinha que ir. Apenas o braço é que recuava, me obrigando ao pensamento. Olhei para o alvo, o que o homem me pedia estava ali tão perto, era manquitolar alguns poucos passos e pronto, fazer o que me pedia.

Por que não fazia ele?

Por que um homem se comunica assim com o outro, pedindo coisas que ele mesmo podia fazer?

Tudo o que me pedires podes fazer, amigo. Tudo. Por que então me pedes?

Ah braço, ah fome.

Ah corpo dividido, são tantas as vontades e tantas as ordens.

Tanto desencontro.

Tudo o que me dizes me prende, como uma corrente, algema.

Tudo o que me olhas me domina, jamais teu olhar sairá de minha vida. Tua existência me invadiu, para sempre.

Forcei a perna, empurrei o carrinho de bebê ladeira abaixo e recebi, na passagem do homem por mim, de relance, como prêmio, feito bastão passado em corrida de revezamento, o meu quinhão: a metade da metade do sanduíche, ainda transbordante de mel, de banha, um teco de salame, o pão gorduroso e macio que empurrei goela abaixo enquanto via a simulação do desespero de meu pagador correndo ladeira abaixo atrás de seu estorvo.

Eu contestava meus sentimentos, afinal se aquilo era um estorvo para o outro, por que serviria para mim?

E se eu não fizesse, um outro...

E quem será o juiz de quem pede e de quem executa?

Virei as costas e saí, o sanduíche pesado no esôfago e a vida carregada de tantas perguntas.

Embora caminhasse para ao norte, subindo degraus, minha vida também se expandia ao sul, ladeira abaixo, como um todo condenado a nunca mais se separar.

Um todo e suas dúvidas.

Um tolo e sua fome.

Um bobo, a vida também pela metade.

# ESCURIDÃO

*Certas ideias, como nuvens, deveriam ficar sempre assim, fugidias, como apontamentos de memória, sem as cicatrizes das borrachas, dos acréscimos, enfeites. É assim a vida, distante da precisão dos compêndios, dos desejos de monges e de todos os puros e militantes desse mundo. Inacabada, tomara que assim se iniciasse e assim terminasse, no infinito, longe dos braços, longe dos olhares, dos medos, dos abraços, dos desejos, longe da dor, mergulhada no êxtase da imperfeição, do por-fazer. Uma coisa assim, como apontamentos, nem divinos, quase nada, apenas apontamentos, erros aqui, erros acolá, poucos acertos, alguma felicidade. A vida nos oferece tantos caminhos, muitos como dádivas generosas, muitos como armadilhas — que caminhos serão os melhores? O viver escoa assim como no líquido original, em busca nem se sabe de que, que prazer, que ventura, que destino. Vagueia. É preciso resistir ao apelo infantil de envelhecer...*

Cegueira.

Lá estava, na sala, aberta, a grande Bíblia colorida, santos e beatas e demônios e Deus, a profusão de luz. Como é que um cego...

As pálpebras pesavam, feito um castigo, eu imaginava nunca mais poder abri-las, me via cego, coitado, batendo cabeça em postes. É que não bastava imaginar, precisava, quem sabe, ser de fato o que a imaginação apenas imaginava, medrosa.

Minha mãe ralhava, ofendida, eu imitando o tio pela sala, cego.

— Pra ver como é que é, mãe.

— Pra ver o que, menino? O que um cego vê?

Era isso, eu precisava saber o que um cego vê.

— Juntar dinheiro, meu filho, para dar um jeito nesses olhos.

O tio, cego, repetia, aquilo incomodava demais. Sozinho, no quarto, depois, eu costumava fechar os olhos, imaginar o tio, cego, como seria. Coisa triste não enxergar, o mundo é feito de imagens, desde a criação divina.

Ituiutaba era aquele vermelho fundo, grudento, o talco fino entrando por narinas, bocas, almas. A fumaça ocre que nascia das rodas dos tratores, das raízes viradas, dos cupins triturados nas lâminas afiadas marca tatu. Era sempre a mesma coisa. Como deixar de gostar de tanta diversão, traquinagem gigantesca, todos os dias? Quatro, cinco horas da tarde, a correria. Minha mãe comandava.

— Dagmar, Geraldo! Zizinho!

O vento nem era tanto, mas o que se esperava dele. Era só erguer os olhos, para quem podia enxergar, e admirar-se com a mancha escura ao longe que vinha sempre do aeroporto-também-de-terra, como um visitante de todos os dias. E o cheiro, não era chuva, nem gafanhoto. Cheiro de terra, o massapé revolvido como um caldo vingativo e seco. Adeus cerrado. Os meninos em correria, roupas no varal, minha mãe passara a noite lavando. Meu pai parecia apenas o que ali estava, roupas de homem no arame, a calça comprida demais, a camisa de manga, pano queimado do cigarro de palha.

Sem ele, a gente, a mãe, os pequenos.

A mancha revolucionava o céu, tirava o ar dos pulmões, como uma praga ínfima e infinita ao mesmo tempo, como não se vê nem no cinema. A cidade era assim, desde os desmatamentos, como um ninho estranho em meio à devastação: onde eram as mangabeiras, o arroz. E os pequizeiros, bacuparizeiros, gabirobeiras, currioleiras, marmeladeiras, mamicas e os buritis e olhos-de-bois e pequis e mursás e pitangas doces e araçás e ananás e as trilhas por entre tudo, molianas, balsiminhos, croadinhas, arieras e aroeiras, ipês e caraíbas, cumbuquinhas com seus doces abacatinhos, tinguis, paus-terra no meio deles com desvios de espinhos e tudo, segredos de frutas e de peixes e moitas e galhos de vespas e rastros de antas e veados, chafurdados de queixadas e catetos e jacus e mutuns e os cantos de seriemas, as emas no seu desconfiado quieto, os assobios plásticos do tucano e os pios da codorna e os cantos dos tantos nhambus e gritos de curicacas, as nuvens das "do bando", corridinhas de tatus e a ventura de menino vadio, cavalos nus, córregos selvagens cheios de lambaris, piabas e traíras. Os mais espertos pegavam até mesmo os douradinhos e piaus, era preciso apenas saber e ter a manha, a natureza sabe quem por ela corre, quem dela corre, quem para fora dela corre, quem contra ela corre, quem corre apenas, como o vento, para nada, apenas para ser.

Sonhador, minha mãe até desistia, eu era o último a pegar qualquer roupa no varal, ainda por cima andando no quintal feito cego. Eu já sabia, aquela mancha, nem precisava de meus olhos para saber. Na hora que queria, descia ela, avermelhando tudo, nódoa, a poeira que nem sabão era capaz de tirar do joelho. Nem bucha, palha de milho e nem os tapas, as voltas ao banheiro. Minha mãe tinha sua mania de limpeza, era um despropósito pensar em limpeza em meio àquela vermelhidão. Talvez, quem sabe, por isso: no pior era preciso ser o melhor, no mais escasso buscar a abundância, do mais ignorante fazer o mais esperto, do nada tirar algum tudo. Minha mãe filosofava, sonhava, o futuro haveria de ter raízes onde quer que fosse, na miséria, na falta, no desespero, na fé, na crença ou descrença, na terra, no asfalto. E para isso ali estava o dedo da vontade, não divina, mas de mãe, o dedo apontando para o sério, para o ético, o profundo, o bom, o bem.

Deus cria certas diversões, o mundo fica como do avesso, se desperta.

A amiga que se escondia sob a escada. A gente era precoce...

E a luz... A luz que se apagou na cidade, os dois longos anos sem luz. Meu tio cego então enxergava tanto quanto nós. E meu pai nem sabia, perdido meses na sua terra parca, arrendada, difícil, mãos calejadas de tentar, como num mergulho em sua busca, tateando algum sucesso em sua vida de tantos fracassos. Falar depois da volta, ele como um estranho. E as lágrimas desse encontro, a porta de casa varada de olhos, curiosos. Ele é que mais chorava. Meu pai eram dois olhos azuis, é claro, o cheiro de terra, o cigarro de palha, que emoção.

O morcego poliniza a flor, meu pai dizia. Sem ele, sem frutos. Ou frutos tortos, cheios de vazios. Onde o bichinho toca é a mão de Deus, ele toca ali, dali sai vida.

Meu pai falava aos pregos que não se entortassem, à chuva que viesse, ao sol que abrandasse, à doença que se fosse, ao dinheiro que viesse.

Seu jeito de andar, a perna esquerda mais curta, manquitolando com elegância.

Era preciso manter o olhar sereno acima das circunstâncias e dos medos, e dos fracassos, as mãos calejadas de tentar de tudo, do cabo da enxada, da pá, da alavanca selvagem, pesadas pedras de cal, o forno terrível noite a dentro, o arroz, a roça de milho, o sonho de tanta fartura, a ilusão de incontáveis carros de bois enfileirados para tanto milho. E o céu ao fundo, como numa moldura: o sorriso de seu pai, o Capitão Cego que finalmente encontraria a paz no sucesso de seu filho. Quem sabe de novo os bens, as joias, as terras.

E o grito de meu pai...

Seu grito aos peões para que viessem, o apelo para que se servissem, o prazer de que gostassem, que repetissem, que o prazer os fizesse sorrir, felizes, a boia. A boia. Falar de meu pai que se benzia, que rezava alto para que todos ouvissem, falar que era humilde e que era assim que se construía a si mesmo, como um menino que era impossível deixar de ser.

Eu era menino, achava que não seria como ele. Meu pai era único. Nosso grupo de amigos se reunia nas cavernas de sacos de arroz dos imensos barracões, aquilo podia alimentar o mundo. O juramento de eterna amizade e ajuda mútua, dois deles tão ricos e amigos — que jura perdura mais que seu limite? As caminhadas pelas ruas, chutes na grossa camada de poeira, eu não conseguia me esquecer das dívidas de meu pai, sabendo que perderíamos a casa que era nossa. O que teria isso a ver com amizades? Eram amigos. E também marcados pela desventura, um deles perdido pelo mundo, morto, apenas um corpo na estrada distante, como um desafio, um chamado triste, uma fotografia de morto de morte solitária Brasil adentro, caminhante — em busca de quê?

Era difícil. Meu amigo era difícil, tanto saber. A cabeça fervia de inteligência e perguntas e respostas, a imaginação mergulhava em desesperadas dúvidas, navegava por entre estrelas, o universo é tão infinito. A origem, de onde viria tudo aquilo? Nós todos, amigos, sentados no meio-fio da rua poeirenta, os olhos para o alto, inebriados, minha terra era iluminada por aquele alvoroço de estrelas — para que mais luz? — e meu amigo as conhecia, os nomes, constelações e conhecia também as perguntas e as dúvidas, nós o ouvíamos extasiados, aquilo dava até medo, tanto saber, e tudo aquilo se misturava com a vida também tão cheia de perguntas e medos. Meu amigo era inatingível, tomado pelo desespero, sufocado pelo destempero de tanta agonia. O pai era tão rico, às voltas com tantos negócios, que perguntas daquelas podia responder? Nós outros nos calávamos, meu amigo era tristonho, sem rumo, sem destino: não via futuro em que coubesse tudo o que sentia, a vontade era de escapar de tudo, da luz, do corpo, da própria vida. E ele escapou por entre nossas mãos de amigos, por entre nossos olhares, como uma luz inquieta varando distâncias estelares, deixando o corpo feio e dilacerado no caminho distante, de terra, sozinho.

E a prima, as mãos que se encontravam às escondidas, sob a mesa, a perna arrepiada de meus carinhos. Lá de fora, o beato entre multidões, cercando a casa. Um quadro de desespero e de esperança. Ali era o fim do caminho: quantos becos, quantos nãos, quantos medos cada um daqueles não enfrentou, quanta humilhação e fome, quanto desengano até chegar ali? O beato deslizava por esse tapete de pura esperança, como um duende trazido de repente para tão perto, ao alcance de centenas de mãos miseráveis. E meu pai tomado de incertezas, minha mãe só tinha raiva daquilo tudo, que miséria sustentava tanta loucura? E que loucura serviria de bálsamo para a verdadeira miséria?

O charlatão operava milagres e meu tio cego imaginava estar curado, vendo o que na verdade não via, inflado da luz de sua própria esperança e ingenuidade.

Ah, luz.

Caminhos, desejos, a luz é apenas um desejo. De que substância se cria a luz, de que sabor se vê o sol, de que carícia se sente o azul, de que medo o verde e a palidez da tarde e o brilho das manhãs, de que gosto se forma o tom, de que tato se entende a forma, o brilho, a vida?

O mundo é feito mais de perguntas.

Meu pai sim, sabia algumas respostas.

A chuva, os sinais.

O círculo quando perto da lua, chuva longe da Terra, os barrados no céu, a névoa cintilante no alto das serras, as histórias das noites e do passado. Meu pai sonhava com sua mãe grã-fina e o pai que, cego, via tudo o que queria. A dor, da perda, da fé, do dia entristecido em que meu pai expiava sua culpa de casa em casa para que o perdoassem por tudo quanto fizera e por tudo quanto não fizera. Entender esse gesto louco, a entrega a todos, a vênia que atravessa morros, vidas, história, desesperos, impotência, sufoca forças, ideias baldias, dores, sonhos, rebeldias. Meu pai espigava ainda mais o olhar depois de sua *via crucis*, os passos muito certos como quem, pelo contrário, jamais cedesse e que a tudo visse como via o pai cego que tudo podia e tudo via e a tudo dirigia e a tudo impunha o que quer que pensasse, sentisse, quisesse.

Minha mãe ia visitá-lo naquele ermo, tocando roça.

— Onde?

— É longe, dona.

— É longe, mãe.

Desespero. O caminhão cremeiro cruzava o sertão de tanto cerrado ainda de pé, vagando feito beija-flor, tocando portas de fazendas umas-ali-outras-acolá, catando pobres galões de cremes saídos nos fiapos de líquido amarelo ao som surdo dos plinc-plinc da máquina de desnatar. A máquina exigia assim, esse som surdo, despejando a maior parte do leite no outro bico, o soro alegre-festa de porcos, galinhas, cachorros. Sob meu olhar de súplica, o motorista nos devolvia seu último olhar-chance, aquilo ali é o fim do mundo, dona, o cerrado bruto e bravio, morada de onças e lobos, lagoas povoadas de jacarés. Nada, a mãe já nem o via, o caminhão partia pesado carregando as tantas pessoas que se aboletavam em sua carona, descendo fazenda por fazenda, como encomendas. A mãe era de ferro, tenaz demais, me agarrando pelo braço. Meu corpo manhoso meio que ia arrastado pela trilha, o caminhão sumindo estrada ao longe. O cerrado se abria diante de nós, pasto antigo, feito a foice, machados brutos, como uma clareira esperta onde o jaraguazinho pobre estranhava a terra enfraquecida, o gado arisco atinando com nossa presença.

A vaca, mãe, a vaca.

Lá vinha ela, azeda, protegendo a cria raquítica e feia, minha mãe tinha pavor. Pavor de vaca, pavor de cobra, pavor de sapo, pavor de ramo, aranha, carrapato, tiú, raposa, gritos, assobios até de pássaro preto, terror de gralhas, pânico de sofrês e bater sôfrego de asas de perdizes e assobiadas de codorninhas. No entanto seguia, me agarrando o braço bambo, amuado, sem préstimo algum, vazando trilhos e pastos e perigos.

Ainda arranco seu couro, molenga!

Eu queria que ela espantasse a vaca. Um animal desses,

bravio, na defesa do que é seu, é como um vulto doido, uma imaginação, aquilo voa sobre nossos olhos e ouvidos, aumenta nossos medos. O espírito parece desencarnar na medição do esforço a enfrentar, o tamanho do enfrentamento, a medida do medo e da preguiça de escapar, o espasmo do desistente, o cálculo de tudo o que já foi andado, como perdido, em caso de derrota. O fantasma se insurge, é bem verdadeiro, mas é tão maior do que é, tão assustador — que tamanho teria aquela vaca?

— Corre menino!

A mãe, no desespero, ralhava comigo, eu parecia nem querer mais escapar, motivo de sua raiva. Meu corpo miúdo resolvia pelas minhas incertezas, ia atravessando os vãos abertos pelo corpo de mãe, varando espinhos, urtigas, ramos secos e doídos. O vulto do animal enfurecido ia ficando para trás, no vão da clareira do pasto pobre. Satisfeita com a defesa que fizera de sua cria, a vaca quem sabe se identificava com minha mãe, que parecia também me defender a mim como cria, quando na verdade me obrigava era a reagir, fugir, gritar, enfrentar.

Ora, procurar o pai!

Às vezes eu preferia o tio, que tinha terra, sua terra.

Andanças pelo mato, com o primo.

O rastro de onça em cima do nosso na volta do corgo!

O Tio bebia seu café, quente demais. A Tia servia, ele mandava goela abaixo, as visitas achando que o café estava frio... Ah, risadas escondidas, depois o ralho, vizinhos e peões de bocas queimadas, sempre. Aquilo se repetia como um número de circo, senhoras e senhores, agora meu Tio Chiquito vai queimar a boca de uns tantos! A gente gostava do que era certo, do que era conhecido, já visto, provado, repetido, gostava da certeza, aquilo era sempre uma coisa nova quando se repetia. Falar de João Grande, vizinho onde se reuniam estranhos que falavam de terras, terras que eram tantas para tão poucos, nada para tantos outros como eles. E das sessões espíritas, quanto santo graúdo baixava ali, como num desfile de autoridades entre as paredes pobres, pau-a-pique, gente miserável, as bocas sem dentes falando línguas estranhas e subindo pelas paredes. Seu Manuel da Onça, o poderoso, de olhar tinhoso e riso ganancioso, Seu Manuel, diziam as vozes alteradas dos espíritos, não só possuía milhares de alqueires de terras, mas tinha também parte com o diabo, capaz de apartar brigas de bois com cuspidas e socos nas ventas, diziam que da boca as cusparadas saiam como fogo, queimando os animais teimosos. E diziam também que batia na mulher e que ela silenciava de paixão.

Doideiras de meninos, corrida de éguas em pelo, eu e meu primo. Apenas uma cordinha amarrada ao focinho dos animais, fábricas de vento. Era como sonhar, a paisagem passando — cadê a noção de perigo? —, ramos abanando rostos e pernas e braços, aquilo, como um filme, ficou para sempre. Um poder muito grande, o poder de mudar, de ver tudo passar, de mandar, de voar como um corisco, gritar loucamente feito em febre, que alegria.

O mundo ficava pequeno, a carreira era tanto que a gente logo alcançava tudo.

Casa simples, janelas de tábuas, fogão de lenha. Minha mãe ali, preparando aulas, cozinhando. Medo, só de sapo.

Ah, minha mãe pulando janela, de medo. Depois ralhava com os filhos, sabe-se lá por que. Mãe tem esses desatinos.

Eu fugia para casa de meus amigos decorada de farturas, uva e uva, guaranás e guaranás, presentes embrulhados com laços coloridos.

Meu pai era bom de grito.

Na roça, fazia a boia para seus poucos peões. Era gente que o seguia feito sombra. E meu pai perseguindo nem ele mesmo sabia o que, talvez a posse de uma terra perdida menino demais com a morte de meu avô. Talvez a paz. O espírito doido, vivia aos saltos, escapando por entre frestas de pau-a-pique, vagando por entre sombras de matas, remoendo dívidas de eras passadas e outras tantas mais tristes de sua própria era, como as compras no armazém do compadre — era o que mais cobrava, o miserável! E a escola dos meninos, os partos, as compras de mantimentos para manter na roça os dois irmãos mudos que só ele entendia aos risos. E o preto Albino, mestre do laço de couro e da quietude. Viver dava a meu pai a sensação de andar catando falhas do mundo pelos trilhos, enchendo seu embornal sem fundo de coisas sem razão. E dívidas sem fim... Como andar para trás? Seria como vomitar o que jamais comeu, um vento ainda mais inútil. A vida tinha que ser cumprida na sua tarefa maior que era viver e fazer viver, cercado de lendas e sombras, onde cada folha, cada rastro, cada cheiro tinha um fim. Os pregos obedeciam à sua voz, as árvores tinham nomes e a natureza não só servia para tudo e de tudo mas devia também ser servida pelos gestos e reverências sentidas e verdadeiras, como ensinava meu pai.

Ah, coragem!

O mundo sempre me pareceu tão grande, desgovernado, pesado.

Era assim que eu andava feito um bobo, a roupa dissimuladamente boa, embora o engano durasse pouco, no desmonte precoce do pano barato. Uma perna da calça era mais curta que a outra, os vãos de panos esticados, de panos retorcidos, de panos encolhidos, eu na verdade nem via nada, meu olhar era assim tão bobo no encantamento sem fim.

A rua, a rua, era tudo o que eu via da janela de meu quarto. A rua, o mundo.

Ituiutaba era tão pequena. Na seca era a poeira, como um sopro divino, talco. Nas águas eram os rios barrentos beirando ruas onde meus pés descalços se divertiam. O mundo era sempre tão desigual, as ruas movimentadas de tantos caminhões. Eram cargas de arroz, milho, algodão e eu pensava muito no meu pai, lá perdido em seu rancho, a lavourinha da desforra, a criação do reencontro com seu próprio pai e ao falar dele, como ao falar d'Ele tirava o chapéu, respeitoso, vivendo sob o peso de seu passado, ele que falava tanto da fartura, o casarão, a multidão de gente trabalhando e comendo e farreando e fazendo vênia a meu avô cego. E meu pai ali perdido como naquele dia, eu com minha mãe, atravessando campos perigosos, vacas bravas, cerrados densos. Atrás dele, de meu pai. E meu pai ali perdido entre misérias, plantas perdidas pela seca, porcos doentes, miseráveis, mamoeiros tísicos de folhas enroladas e laranjeiras tomadas de fungos e pulgões e a hortinha de alface infestada de precariedades e pragas e a roça de milho invadida por lagartas e desânimos. E ele, meu pai, envergonhado de voltar, mastigando pontas do resto de carne seca. E o rádio, no resto final de pilha, ligado nalguma rádio estrangeira dizendo o que meu pai não podia jamais entender, a luzinha fraca do candeeiro de banha suficiente apenas para fazer brilhar os olhos lacrimosos e pouca suficiente para que ele mesmo não visse tanto a miséria de seu leito, de sua oca, de seu mundo.

No caminho da escola para minha casa, a casa de meu padrinho era gigantesca. Ela me olhava do alto, senhorial e Ele me achatava com seu porte de rico e senhor, dono de tudo, da escola, do saber, dono do recreio, dono de meu futuro. Estendia as mãos gigantes e descia lá do alto, minhas pernas pequenas não atingiam o chão de brilho tão luxuoso, os livros pesados — seria preciso tanta leitura para saber, para subir? — e eram ensinamentos chatos, regras do bom viver, de bem vencer. Ele era bom, sério, o padrinho. Me deu escola de graça e sei lá mais o quê, na vida.

Ah, Deus meu, que alguma força pudesse me empurrar para a frente, para a vida, sem que eu tivesse que aprender, era o que eu mais queria.

No mesmo caminho de casa, voltando da escola, o sapateiro Sinval pregava peças nas crianças, contando histórias arrepiantes ilustradas pelo seu olhar de bilocas enormes, assustando. Ah, eram sempre as mesmas histórias, conta aquela, Seo Sinval, conta aqueloutra, as crianças gostavam mais era das mais contadas, as já conhecidas demais e repetidas e sabidas e saboreadas como o café de meu tio Chiquito.

E o Sinval, nos tantos espaços de nada fazer, inventava de reunir seus ouvintes crianças num coral inacreditável que arrepiava a modinha triste dos que teriam ido para a guerra no estrangeiro. "Adeus mãezinha, eu vou-me embora, não chore não. Eu trago no peito uma dor tão sem jeito da separação". Eu gostava, a alegria de ver que todo aquele teatrinho ruim emocionava as mulheres, as lágrimas sentidas corriam pela terra batida, tudo repetido, o mesmo de sempre, a mesma farsa, a mesma alegria por dentro e a tristeza por fora, nos olhos. "Não chores, mãezinha, tu deves compreender, eu vou cumprir meu dever". As mães se desmanchavam, ninguém se lembrava de perguntar, alguém de Ituiutaba teria ido para a Itália?

Minha mãe que não soubesse, com sua brabeza de mãe e professora. Professora mais que mãe para tantas criaturas brutalizadas e sem futuro, deixadas nas escolas pra desbravar. Era preciso pulso.

Dizem que o calor do fogão de lenha me aqueceu ainda em seu ventre generoso. As noites mal dormidas, panelas e livros, aulas e contas, tantos filhos, tanto para se conquistar, a cabeça era repartida em mil façanhas e trilhas e destinos e sonhos, como a panela de arroz em que num dos cantos conseguia fazer sem sal para ela mesma. E as broas e roscas e pães e doces que a mão fazia como podia e eram sempre as melhores, enquanto as ideias se perdiam nos labirintos de tanta busca e tantos caminhos.

Da janela de seu quarto a rua era cercada por dois grandes armazéns e ali a vida fervia de tantas novidades, os caminhões sem cessar despejando sacos de arroz. Eram armazéns do pai de meus amigos, imensa caverna escura de negros fortes carregando sacos como brinquedos, montanhas de grãos pontiagudos que nossos pés pisavam escalando alturas, gritando para ouvir o eco que vinha do fundo daquele mar estranho, corcovas cruzadas pelos carregadores, paredes distantes, escuras, cinquenta, setenta, cem metros ao longe...

Minha mãe fazia as contas, tudo o que ganhasse, e tudo era tão pouco, tudo era tão pequeno para tudo o que tinha que pagar e para tudo o que queria ainda comprar e para tantos planos e sonhos e então atinava com novas tarefas e novos desafios, calculando quanto renderiam e deixava então que um sorrisinho leve de alegria inundasse seu rosto largo. Era assim, de pequenos planos, que vivia, como quem galgasse o espaço sem fim que a própria vida construía com migalhas.

E a escuridão, onde é que aquela gente arranjou tanta? — a cidade sem luz anos a fio, o querosene, a economia, a luz se apagava e o céu era dos morcegos.

E dos medos.

E o pai com sua lavourinha perdida, a terra perdida, a casa perdida, o sonho perdido. Ele dizia ao sol que se fosse, a chuva é que se ia, dizia à peste que saísse, era a vida que fugia, que o dinheiro viesse, era tudo o que perdia, rezava alto para que ouvissem, era tudo o que não queriam, pedia tudo o que podia, era-lhe negado o sono, a dívida, o perdão e eu via em seus olhos pequenos a alma se encolhendo em seu próprio e reduzido âmago, o chapéu na mão de casa em casa a pedir perdão como quem espia sua própria culpa e a de todo o mundo, como quem se anula na humilhação, quem sabe a se livrar do olhar terrível do pai, o cego, que seguia soprando em seus ouvidos que tudo havia de saber, tudo haveria de recobrar, tudo haveria de pagar, tudo haveria de ter.

Ah, escuridão!

As noites de minha terra eram assim, carregadas de todas as noites, de todos os medos.

Em que casa estaremos? Na que perdemos? Em que trilhas estamos seguindo, em que medos nos perderemos? E minha mãe indicava o rumo, misturando caldos e restos nas madrugadas enquanto relia aulas sem fim e os cálculos se perdiam nas malhas de tantos sonhos, brejos de esperanças, caminhos que ia traçando como quem tecia de luz, medindo passos que cada um daria, prevendo espaços que cada um teria, nomes de doutores, madames cultas com seus senhores, os netos limpos e as roupas limpas e os narizes limpos e os pescoços sem as manchas e a vida sem a poeira e as noites sem escuridão.

Irmão de minha mãe, tio Criolo era como um rei. Na boca o riso da esperteza ingênua, os passos doidos pelas ruas de palmos de poeiras, rasgando as trevas como quem passeia por entre luzes e passarelas, dando o braço a um, a outro, ensaiando travessias, ajudando a navegar em seu próprio mar, onde reinava, onde sabia de cada pedra, cada toco, cada bueiro de terra. Serviçal, amigo, barqueiro da noite, guia, andava como quem trilhasse sempre sua própria trilha, às vezes o braço do servido era de menino, às vezes de velhos e casais e às vezes a sorte de mocinhas com seus perfumes e medos da escuridão. E medo de bueiros antigos, de poças de lama, de pedras. E os caminhos então eram mais longos, meu tio pensava que a luz deve ter um cheiro, que um tom deve ter tantos suspiros e medos, que a claridade deve ter o suor e o tremelicar nervoso que fazia as mãos ainda mais se apertarem em seus braços de guia e cego. Ali a esquina, ali o cachorro, ali a casa do Prefeito e do outro lado as dos maiorais. As luzes eram ali as únicas, meu tio nunca sabia por que ali perdia as mãos, os chamados, os pedidos, os braços, os cheiros de mocinhas, o calor gostoso de seus corpos, os suspiros. Não entendia por que de repente ficava ali à mercê de si próprio, sem nada mais ver, nem sentir, nem cheirar e assim ficava a perambular sozinho, em plena luz, perdido, tomado pela mais negra escuridão.

Ali sim, ali havia luz. E por isso a cidade penava nas trevas.

Se os poderosos já se iluminavam, quem lutaria pelos que nada possuíam?

Olhar de menino bobo, os pés afundados no talco vermelho da terra massapé. Melhor atrasar um pouco. Era chegar em casa e apanhar, tanta sujeira, o pescoço, as juntas, as curvas, os cabelos, a cor terrível que tudo marcava, como um carimbo de igual pobreza e falta de saída. Os caminhos sempre são os mesmos, sempre os mesmos tons, e os uniformes quentes abotoados até o pescoço. Quem teria inventado tal formalismo, o paletó de brim abotoado até o pescoço? — eu odiava aqueles botões e teimava arrancando-os dia após dia para que minha mãe os costurasse depois num jogo de tapas e teimosias. Eu nunca aprenderia, o olhar parado no horizonte das ruas e encantado com aquele súbito alvoroço, os olhos para o céu, o manto vermelho feito uma bomba, como nuvem de desejos, o anunciado horror de roupas e lavadeiras e casas se fechando e minha mãe gritando por mim e pelo Geraldo e pelo Zizinho e Dagmar. Gritaria, se pudesse, pelos que viriam depois, Zezé, Fatinha e pelos netos e bisnetos. Era ela a primeira, já no terreiro, como todos os dias, arrancando panos dependurados nos varais, os braços carregados de roupas simples, uniformes terríveis, calças, vestidos descoloridos, panos e panos brancos. Tudo era muito branco, como uma espécie de desafio aos deuses, pois se a poeira vinha sempre deveria ser obra dos deuses, e os deuses eram Ele, minha mãe se zangava com as crenças de meu pai, espíritos miseráveis e espíritos evoluídos isso era coisa da ignorância popular, que exemplo para os filhos, Fernandinho. Eu mesmo nem pensava nisso, escondia apenas o gozo, o prazer, a alegria explosiva de ter dentro de mim mesmo uma imagem tão linda de tudo aquilo, a poeira, a correria, a cor, o ódio de tantos, o desespero de minha mãe, a corrida contra o tempo, a luta pela vitória da cor branca e eu torcendo pelo vermelho, torcendo pelo vermelho, torcendo pelo vermelho que um dia seria ainda mais denso e cobriria como manto final todos os varais e todos os esforços e todos os espantos e então todas as roupas seriam como aquilo, como o céu naqueles dias, até que um dia o sol se deixou cobrir pela lua e vivemos um instante como no dia final, carregado de poeira negra e a mais abominável escuridão em que só meu tio cego sabia nadar e onde não havia nem mesmo mais a ilha de luz, o pequeno bairro dos ricos que tanto desorientava meu tio.

Felizmente o dia final não era o dia final e apenas os panos se tornaram mais sujos e as casas mais vermelhas e as ruas mais cheias de pó e as noites mais escuras pois até as casas dos grãfinos se emudeceram de luz.

E correram tantos boatos, falavam de meninos vadios que, aproveitando-se finalmente da escuridão dos ricos, teriam entrado em suas casas para roubar. E falavam também que não foram só meninos, mas adultos também, aquelas casas tão atraentes, que riquezas não haveria ali! — e falavam que duas máquinas de luz teriam sido quebradas naquela noite e que até tiros teriam cruzado portas, deixando na mesma escuridão pobres e ricos, para alegria e libertação de meu tio Criolo que já não sofria daqueles hiatos de luz.

E então os poderosos e os amigos dos poderosos se mexeram de suas poltronas.

Seguido com espalhafato por tantos carros e gritos e fogos e buzinas e bandeiras, um caminhão barulhento cruzou as ruas afundando as rodas na poeira e descarregando a imensa máquina escura que depois de funcionar irradiou a luz que agora iluminava a feliz cidadezinha.

Meu tio cego seguiu sua vida rumo a outros caminhos, cruzando trilhas pelo cerrado — e ele precisava lá de guias, rumos, luz?

Sim ia embora.

Ali nem serventia mais teria.

Que serventia podia ter um cego naqueles ermos agora tão iluminados?

## ANDRÉ X, O MENINO DESAPARECIDO

Eu sou André.

Quantos anos eu tenho, isso depende.

Eu tinha quatro anos quando tudo começou, quando "desapareci".

"Desapareci", assim, entre aspas, pois é o que dizem de mim desde aquele dia.

Mas eu estou aqui, é uma história difícil de contar. Como contar uma história de um menino "desaparecido" — e contada pelo próprio "desaparecido?"

Eu estou aqui, eu estou aqui.

Quantas vezes tentei dizer isso em minha vida.

Eu estou aqui, pai, eu estou aqui, mãe. Eu estou aqui, professora, eu estou aqui, vizinho, jornaleiro, afiador de facas, carteiro — eu estou aqui.

Mas as pessoas agem como se eu não existisse, como se eu não estivesse ali, bem à frente delas, gritando minha presença.

Sou o menino "desaparecido".

André, "André X".

Apesar de meu inconformismo, vou tirar essas aspas, que sempre serviram para colocar em dúvida minha inexistência.

Sou André, o menino desaparecido.

André X.

O tempo corria diferente, às vezes mais rápido, às vezes lento demais.

Eu nunca perdia a esperança de que as pessoas me vissem, que acreditassem em mim, que me dessem a existência perdida.

Minha mãe parecia conformada, como se vivesse o que restava de sua vida. A perda do único filho, ainda mais nas circunstâncias em que ela imaginava, destruiu sua alegria, a vontade de viver.

Meu pai, sempre eletrizado, entusiasta, também se abateu de uma tal forma que mais parecia uma caricatura de si próprio. Deixara a barba crescer, os cabelos desalinhados e cortados de forma a exibir, ao primeiro olhar, a falta de prazer na vida, a falta de sentido em viver.

Eu nunca me esqueço de como eram eles, antes daquele dia que marcou meu desaparecimento. Me lembro bem, as conversas abertas, as discussões eternas de suas divergências políticas. Meu pai com uma agressividade que certamente advinha de seu emprego medíocre, depois de seu desligamento da Universidade. Minha mãe achava que ele fora culpado. Para que dizer tão abertamente as coisas que pensava? — já não estaria claro que as coisas continuariam assim, pesadas, perigosas, por muito tempo ainda? Isso irritava meu pai ainda mais. Com raiva, descarregava tudo em algum gesto desencontrado, às vezes violento, como atirar o copo na parede ou jogar para o alto o pacote pesado de relatórios que sempre trazia para casa, coisas maçantes que tinha que ler, comentar.

Meu pai sempre chegava em casa com aqueles pacotes.

Eram peças de auditorias feitas pela empresa em que se empregara depois de sua saída da Universidade. Auditorias em grandes empresas, verificar as contas, os cheques, ver se não havia gastos desnecessários, se algum funcionário estava roubando a empresa...

Meu pai odiava aquilo. E revelava o misto de raiva e mágoa ao repetir, tantas vezes e, muitas vezes mais murmurando para si mesmo, o fato de que tanto seus patrões quanto seus clientes se sentiam muito à vontade, felizes mesmo, com a situação política do país. E até mesmo com o frequente "desligamento" de algumas pessoas em órgãos públicos, como a Universidade.

Minha mãe silenciava, diante dos desabafos terríveis de meu pai.

Entre o silêncio dos dois, como uma sombra, uma aura carregada de culpas, estava eu, sempre.

Eu, o desaparecido.

Eu teria desaparecido aos quatro anos.

Numa véspera de feriado, um estranho me esperava à porta da Escola. Com o estranho, mais três homens mal vestidos, que eu nunca vira antes. O homem trazia uma carta de meu pai, autorizando a Escola a me entregar a ele.

Segundo ele, meu pai estaria ocupado naquele dia.

Eu comia, com prazer, o resto do *X-burger* preparado por minha mãe e bem acomodado em minha lancheira com a garrafinha de suco de laranja.

Teria sido, esse, então, meu último dia.

O último dia em que existi, para minha mãe, para meu pai, para minha escola, meus amigos.

Mas eu não desapareci.

Estou agora, como estive sempre, em nossa casa, dias, meses, anos a fio, como um ser invisível, sem espaço nem tempo, assistindo à lenta decadência de meus pais, que definhavam, consumidos pela culpa.

Eu não desapareci.

Eu estou aqui, contando minha história.

Não sei se já disse, meu nome é André.

André X, o desaparecido.

Não me perguntem nem minha idade, nem meus sobrenomes. Isso já não importa e eu não saberia responder. Sou assim, como uma entidade sem tempo, sem lugar, sem nascimento, sem nada. Posso dizer que, em todos esses anos, não envelheci, continuo como naquela manhã, véspera de feriado, o dia em que os quatro estranhos me levaram para sempre.

Quatro anos, mas isso nada representa para mim. Posso dizer que tenho quatro anos, quarenta, quatro séculos. Nada disso faz diferença. Não sou nem jovem nem velho. Apenas aprendi a entender certas coisas — e a desentender ainda mais outras tantas coisas. Aprendi também a desistir de entender o destino, a vida, o medo, a solidão. Nada disso importa mais. Viver eu sigo vivendo, querendo ou não, sendo visto ou não, independente das pessoas acreditarem em mim, independente de minha mãe, de meu pai.

Muitos amigos e parentes de meus pais também desapareceram. Mas esses eram logo tidos como mortos, perdidos para sempre. E aquelas vidas cessavam ali, sem esperança, sem retorno, eternamente com a idade em que se foram. Restavam como memória, parte do sofrido silêncio de meus pais.

Nosso cãozinho salsicha também desapareceu um dia. E meus pais o procuraram por vários dias, até descobrirem que o Dylan teria sido levado pelos homens da carrocinha. E estaria morto. Meus pais se conformaram logo, arranjaram outro cão, agora um tranquilo *labrador* que gostava de dormir no sofá, vendo televisão. Ou em minha cama que julgavam vazia, coisa que emocionava meus pais.

Era como se eu estivesse ali, deitado, no lugar do Lennon.

E eu estava, sempre, tomado pela emoção de meus pais.

Eu estava ali, todo o tempo.

Um dia meus pais se mudaram.

Eles mentiam para vizinhos e parentes, diziam que num apartamento pequeno, longe dali, seria mais fácil esquecer. Mas eu sabia que minha mãe, funcionária pública, professora, também havia sido demitida. E o salário do novo emprego de meu pai já não conseguiria sustentar as despesas de uma casa tão grande.

No apartamento não haveria lugar para o Lennon e por

isso meu labrador de pelos dourados foi deixado na casa, como um presente aos novos inquilinos.

Eu chorei em silêncio, quando saímos.

Eu fiquei assim, sempre junto de meus pais, uma sombra invisível, assistindo com imensa tristeza nossas coisas — e minhas — sendo tiradas da casa e levadas para o caminhão. Alvim, o menino vizinho, meu amigo, também parecia entristecido, talvez sem entender o que se passava, assistindo à nossa mudança. Alvim sempre fora um amigo inseparável, estudávamos na mesma escola, já que a escolha fora feita por meus pais e os pais de vários colegas meus. O Jardim de Infância parecia então uma reunião dos filhos de amigos, pais preocupados em como educar os filhos em tempos tão incertos. O medo de que nós, os pequenos, fôssemos contaminados para sempre por aquele clima de medo, de incerteza, de desconfianças, de conversas por meias palavras.

O apartamento, num prédio de três andares, afastado do centro, era realmente pequeno. Um quarto, uma sala pequena, uma cozinha apertada.

Apesar de terem jogado fora caixas e caixas de livros e a maior parte de minhas roupas, o pequeno apartamento ainda parecia pequeno para tantas coisas.

Coisas inúteis para esse tempo, dizia meu pai.

Diplomas em quadros, livros, livros, livros, muitos deles de política ou de arte, estatuetas de madeira de um amigo escultor, uma coleção de bonequinhos do Vitalino. E o sofá antigo, onde dormia o Lennon em nossa casa. A velha TV, a vitrolinha antiga, ainda do tempo de estudante que meu pai guardava com carinho, agora sobre a pilha de discos ainda mais velhos, grandes bolachas que pareciam zombar do tempo.

Eu tinha saudades do Lennon e do Dylan, meus cãezinhos. Eram os únicos que pareciam perceber minha existência, que eu estava lá, todo o tempo. Eles pareciam sábios, olhavam para mim com expressões de cumplicidade e evitavam revelar isso a meus pais, disfarçando o olhar sempre que um deles chegava por perto.

Tenho saudades da Escola, de meu amigo vizinho de nossa casa, dos *X-burger* que minha mãe preparava, minha merenda.

Daí o apelido de escola, André X.

Tenho saudades de viver, de viver em toda sua plenitude, de existir, de ser visto, ser abraçado, beijado.

Saudades de minha cama, de meus livros, saudades da voz de minha mãe lendo histórias para mim.

Saudades de um tempo que já não sei se vivi, se sonhei, se ainda virá.

O tempo ia passando, os dias, as noites, invernos, verões — e meus pais pareciam a cada dia mais acomodados ali naquele pequeno apartamento que a todo tempo me fazia lembrar nossa casa com quintal, cachorro, rua.

A cada dia, meus pais falavam menos de mim. Nem as buscas eram mais comentadas, nem as lembranças, nada.

Eu não existia mais.

E no entanto eu estava ali, vendo como a vida nos conduz ao esquecimento.

Algumas pessoas vinham, de tempos em tempos, nos visitar. Visitar meus pais, claro. Na verdade, procuravam mais minha mãe. Pois meu pai parecia ter desistido de tudo, procurando esquecer também de seus antigos amigos, seus companheiros. Por isso desaprovava essas visitas.

Era sempre uma gente inquieta, desconfiada, pessoas que entravam e saiam da sala a toda hora, as conversas reservadas, como se eu, caso existisse para eles, não pudesse ouvir. Apesar da péssima situação financeira, minha mãe lhes dava comida e algum dinheiro.

Isso desagradava meu pai, que agora só pensava em se reerguer na vida. Para ele, o tempo havia passado como uma pesada nuvem, deixando com ele todo o amargor de tantas derrotas. As coisas haviam mudado para sempre, o sonho havia terminado, a juventude ficara para trás irremediavelmente. Era hora de enfrentar a vida, ganhar dinheiro, uma vida digna da qual não precisasse mais se envergonhar.

Para meu pai, me perder foi a gota d'água em sua desesperança.

Nada mais interessava, era preciso reconquistar a dignidade, mudar de carro, de casa, de terno.

Eu ainda tenho dificuldade de entender o que aconteceu.

Sei que aqueles dias em que eu teria desaparecido foram dias tormentosos. Me lembro de meu pai, os cabelos desalinhados, subindo e descendo as escadas de nossa casa, como se toda sua caminhada se perdesse ali, num labirinto, sem saída.

Num outro dia chegava silente, um silêncio que doía fundo em minha alma.

Eu imaginava nele uma dor muito profunda que parecia consumi-lo minuto a minuto.

Noutro dia entrava nervoso, batendo a porta, predisposto a brigar com minha mãe por causa de tudo, dos chinelos, da garrafa vazia de uísque, do canal em que estava ligada a TV ou por qualquer outra razão.

Outros dias, piores, se tornavam fúnebres com suas informações murmuradas e sofridas:

"O Antônio".

Depois, tantos outros nomes, "Arantes", "Lola", "Olavo"...

Minha mãe parecia se contorcer, como se procurando envolver-se com o próprio corpo, defendendo-se de tanta dor, de tanto medo.

Eram como perdas, como pedaços de meu pai que eu via se perderem, vidas que iam ficando para trás juntando-se à perda do único filho.

Eu ficava ali, em meu canto, como se não houvesse mais para onde recuar, para fugir de tudo aquilo, livrar-me desse sofrimento de meu pai.

Invisível, inexistente, incapaz de compreender o que acontecia com o tempo, a vida.

Incapaz de consolar meu pai.

Algumas vezes eu colava meu ouvido à parede do quarto de meus pais, escutava, tentando ainda entender o que acontecera com eles e comigo.

As vozes varavam as paredes como murmúrios. Meu pai e minha mãe a cada dia mais se desentendiam.

Meu pai insistia, era loucura aquelas reuniões no apartamento, falava de sinais, de perigo.

Minha mãe procurava sempre desfazer essa preocupação de meu pai, era preciso manter um mínimo de ligação com a vida.

Isso passou, passou, insistia meu pai.

E lembrava o filho perdido, de quem quase não falavam mais.

A lembrança de meu desaparecimento calava minha mãe.

Meu pai era tomado pelo desejo de falar, engasgava de emoção, coisas que se contradiziam. Ora tudo estava perdido, eu jamais voltaria, ora gritava o contrário, que não, que tudo haveria de ser um engano, que logo a polícia me encontraria, esclareceria quem eram aqueles quatro homens estranhos. E nossa família estaria recomposta.

Muitas vezes a discussão era interrompida bruscamente, eu imaginava o som de um breve e contido choro de minha mãe e então tudo silenciava.

Era pior, o silêncio.

Eu sofria o sofrimento de meus pais.

E sofria pela minha incapacidade de ajudá-los, de dizer a

eles que não, que eu estava ali, que não se preocupassem comigo, que vivessem suas vidas em paz.

E era sempre meu pai que quebrava o silêncio, alguém sempre deve fazer isso, o silêncio pesava demais.

Isso se repetia, os dias sempre iguais, como se nada andasse, se os relógios estivessem travados, a vida congelada de terror e de medo.

"Eu estive com alguns de nossos amigos".

Meu pai se incomodava, incriminava minha mãe, acusava-a de colocar suas vidas em risco por nada, por pessoas tão perdidas quanto eles.

Três deles foram um dia em nosso apartamento. Eram jovens, ex-alunos de minha mãe na faculdade. Amedrontados, todo o tempo procurando disfarçar o próprio medo e a falta de ideias para sair daquele pesadelo que corroía suas vidas, comprometia seus futuros. Palavras medidas, meios sorrisos, olhares acanhados, fugidios. Frases que nem pareciam vir deles, como se buscassem expressões comuns entre eles, elos de ligação que já não encontravam em si mesmos. Lições de fé, de esperança, de união de todos, de crença na humanidade. Propostas de ação que procuravam assentar sobre forças que não pareciam suas. Determinações longínquas, incompreensíveis. Quem sabe um deus poderoso seria capaz de mudar tudo, de guiar as mãos dos oprimidos, mesmo sendo incapaz de mudar suas próprias vidas, de extirpar de seus corações a dor das perdas e do medo.

Aos poucos, minha mãe foi desistindo dessa discussão, deixando meu pai às voltas com seu próprio sofrimento.

"Amigos?"

Meu pai se inquietava. Refazer contatos com os velhos camaradas lhe parecia refazer trilhas já percorridas e inúteis.

O que diziam, sobre o que conversariam, que propostas tramavam para dilacerar ainda mais o peito sofrido de minha mãe?

Era a súbita lembrança do filho desaparecido que os silenciava, a dor acima de todas as dores. Pois, além da perda, a angústia de não saber onde, nem quem, nem por quê. Nem se eu vivia ainda, se me tornara carne nas mãos estúpidas de quem quer que fosse.

"Foram eles, claro" — dizia minha mãe, muitas vezes repentinamente, como se esse pensamento viesse se desenvolvendo como uma serpente no âmago de seu sofrimento. "Foram eles! — e para nos intimidar!"

"Eles" quem?

"Intimidar"?

O que teriam feito meus pais para tanto temor?

Sob que perigos e ameaças vivíamos nós?

Lá fora, na janela do tempo, a vida passava, indiferente às estações, à chuva, ao frio, ao calor de nosso mundo tropical, às frutas de época, às flores de estação, às férias escolares, à volta às aulas, ao medo, a tudo.

Aos poucos eu me conformava com esse viver à margem de tudo, do tempo, da história.

O telefone às vezes nos despertava. Minha mãe era sempre a mais atenta, a primeira a chegar ao aparelho. Ouvia as mensagens estranhas que atravessavam as madrugadas de espera. Eram palavras repetidas, muitas vezes reverberadas.

"Cuidado".

"Atenção".

Outras vezes eram os amigos, com suas conversas cifradas, frases curtas carregadas de pesados silêncios.

"Sim, o hospital..."

"Ah, adoeceu..."

"Viajou... mas volta?"

Depois minha mãe desligava o telefone.

Sua mão ficava ali, pousada sobre o aparelho, como que paralisando o tempo e deixando que a tristeza invadisse sua alma, que anuviasse seu semblante, os olhos grandes e claros marcados pela dor.

Meu pai, então, surgia sonolento, como quem já não se importava com o que teriam dito ao telefone, que notícias estariam dando, que ameaças.

Eu, como se inexistente, me acomodava no canto da sala, sobre o velho tapete de tigre. E imaginava paisagens de bonanças, rios claros, cachoeiras, céus estrelados, praças de terra onde eu podia empinar pipas ou jogar bolinhas de gude.

No dia de meu aniversário dois homens nos visitaram.

Estranhos, paletós gastos, faziam-me lembrar dos quatro homens que me pegaram à saída da Escola.

Disseram que queriam saber do menino desaparecido.

Meus pais desconfiavam deles, mas uma centelha de esperança ainda habitava minha mãe. E assim os tratou, navegando entre o pânico e a ânsia desesperada por notícias minhas.

Não, eles não sabiam de nada.

Mas saberiam de meu aniversário?

Temeroso de que, ao contrário de meus pais, eles pudessem me ver, abaixei-me atrás do sofá que Lennon usava para ver TV.

Naquele dia os homens pareciam mais interessados em outras coisas. Que meus pais falassem de pessoas que frequentavam nossa casa, nomes de amigos, conhecidos...

Meus pais procuravam, tomados pela sensação de perigo, desviar a conversa para o que lhes interessava. Queriam notícias do filho desaparecido.

Os homens respondiam com poucas palavras e longos silêncios em que trocavam olhares entre si, desinteressados.

Aqueles homens traziam o medo para dentro de casa.

Meu pai, exercitando um autocontrole que não possuía,

mantinha-se ali, imóvel, as costas prensadas contra a parede da sala. E o indisfarçável olhar de ódio aos visitantes.

Os homens reviravam almofadas, abriam livros, escancaravam gavetas, esvaziavam caixas onde meus pais ainda guardavam meus desenhos infantis, meus brinquedos.

Me incomodavam seus olhares, pareciam me ver.

E me incomodava o interesse pelos meus brinquedos.

Minha mãe olhava aqueles homens tomada de pavor.

Mas a esperança de me encontrar era ainda maior do que o medo.

"Alguma notícia?" — insistia ela.

"Notícias? Não... não... até agora, nada..."

Minha mãe se desesperava, meu pai se mostrava irritado por ver minha mãe se expor tanto àqueles homens. Por que depositar qualquer esperança, esperar qualquer ajuda desses estranhos, gente que meu pai identificava justamente como os culpados de tudo?

"O tempo vai dificultando as coisas", disse um deles, o mais velho, com seu chapéu antigo que lhe dava um ar de detetive de filmes policiais.

"Ele já está bem mais velho, não terá mais a cara que divulgamos nos jornais", disse o outro, mais jovem e sem chapéu. Não tinha chapéu, mas trazia um lenço branco enfeitando o bolsinho do paletó. E o olhar indiscreto, invasivo, que parecia furar paredes em busca de sinais que denunciassem meus pais, que revelassem segredos de nossas vidas.

"Ele já está bem mais velho..." — murmurou o homem, referindo-se a mim.

Eu sofria, inconformado com suas mentiras. Pois eu não estava mais velho, o tempo nada significava para mim. Desejava quase ao desespero que tudo se aclarasse, que um homem daqueles surgisse em nosso apartamento e me trouxesse, ou revelasse que tudo não havia passado de um engano, que eu estaria vivo, como sempre, e que logo estaria em casa e tudo voltaria ao que era antes, findo o pesadelo.

"Mas continuamos a procurar", disse o velho.

O outro, simulando se sentir desconcertado, tímido, mostrou a meus pais alguns desenhos em folhas brancas miúdas, envolvidas num tosco papel de embrulho.

"São tentativas de ver como ele estaria hoje".

As mãos de minha mãe, trêmulas, buscavam a luz para que pudesse enxergar melhor os desenhos absurdos.

Sem me conter, ergui-me o suficiente para enxergar o que revelavam aqueles papéis.

Eu ora aparecia ali com nove ou dez anos, ora adolescente. Ou já rapaz, a barba por fazer, com meus dezoito ou vinte anos, dezesseis anos depois daquele dia em que os quatro homens estranhos me buscaram na escola.

A visita daqueles homens ficou marcada em mim para sempre, como um começo do fim de minha presença na casa de meus pais. Ou da persistência da memória de minha existência.

Enquanto um homem mais velho remexia uma das caixas de brinquedos, meu caminhãozinho de plástico e controle remoto, amarelo com faixas vermelhas, deslizou pela sala, desgovernado.

O movimento assustou os dois homens. O mais novo, de lenço no paletó, num gesto irrefletido, levou a mão ao cinto, sob o pesado paletó.

Meu pai pressentiu o perigo e, sem dar mais um segundo de tempo ao azar, gritou secamente.

"É só um brinquedo!"

É só um brinquedo, é só um brinquedo...

Eu tinha ímpetos de sair de meu esconderijo para pegar o meu brinquedo. Eu o ganhara de presente de aniversário, um ano antes de meu desaparecimento.

O homem mais velho se antecipou a mim e, com seu olhar de chefe, sorriu para desanuviar o clima de tensão em que nos víamos. De dentro da caixa, tirou um outro brinquedo, meu trator amarelo, presente de meus quatro anos, no último aniversário que existi para meus pais. Um tratorzinho também amarelo, de lâmina móvel que eu usava para erguer pequenos objetos e bolinhas de gude para a carroceria do caminhãozinho.

O velho examinou o brinquedo, com um sorriso de felicidade.

"Meu neto...", começou ele. "Meu neto gostaria tanto de um brinquedo como esse..."

Meu pai, controlando o impacto da surpresa, buscou rapidamente o olhar de minha mãe, certo de que ela reagiria à ousadia do velho. O olhar de meu pai pedia que minha mãe não se manifestasse, que não reagisse.

"Vocês agora não precisam mais dele", continuou o velho, acariciando meu brinquedo.

Eu esperava, quase implorava que meu pai reagisse, que dissesse não, que o brinquedo era de seu filho que logo estaria de volta e era preciso deixar suas coisas ainda guardadas, como sinal de que voltaria sim, que eu voltaria.

Eu não podia fazer mais nada.

Eu estava ali, incapaz de mudar as coisas, de impedir que levassem meus brinquedos preferidos, que determinassem assim a minha inexistência, o meu fim.

Como que satisfeitos, os dois homens já saíam.

O velho, feliz, com meu caminhãozinho aninhado em seus braços, o presente que faria a felicidade de seu neto.

O segundo homem, mais novo, de lencinho no paletó, parecia ainda ter alguma coisa a fazer, com seus olhares esquivos, incômodos. Senti que olhava agora em minha direção, o olhar fixo, aterrorizante.

Estaria me vendo?

Isso me enchia de um misto de pavor e de esperança.

Se ele estivesse me vendo, então eu existiria de fato e então, quem sabe, meus pais pudessem me ver, perceber que eu existia sim, que estava ali como sempre estive, ao lado deles, encantado com suas figuras de pai, de mãe que nunca me percebiam, que sofriam com meu desaparecimento quando eu estava ali ao lado deles, com eles.

O homem se aproximou de mim, meu coração batia a mil, eu não tirava os olhos daquele rosto bem barbeado, liso, um pouco gordo e suado que se aproximava do sofá onde eu me escondia.

A mão do homem veio em minha direção e pegou, sob minha cabeça, no pequeno armário branco, o aparelho remoto de meu caminhãozinho amarelo. E, de saída, sem parar sua caminhada de fuga, apanhou meu caminhãozinho amarelo.

Sem os homens, a sala agora parecia maior, como um salão vazio, tomado pelo silêncio quase absoluto. E pelo desespero de minha mãe, o ódio de meu pai.

E minha perplexidade.

Dominando todos os nossos sentimentos, o silêncio, pesado, sofrido.

Uma vez mais, meus pais se mudaram.

Do pequeno apartamento na capital, fomos para uma casa simples, com um pequeno quintal, no interior. Minha mãe conseguira um emprego de professora numa pequena escola particular. Esperara com ansiedade a resposta à sua proposta, temerosa de que ali também seu nome fosse barrado.

Meu pai, apesar do desconforto pessoal de depender de minha mãe, não teve como impedir a decisão de mudança. Ali tentaria algum emprego mais simples, quem sabe num escritório de contabilidade.

Meu pai, na verdade, parecia a cada dia mais distante de tudo, mais alheio aos problemas da casa e de minha mãe. Pude perceber isso, principalmente depois da visita opressiva dos dois homens, os que levaram meus brinquedos.

Eu segui com meus pais para o interior, ainda com certa esperança de que algum dia tudo se esclarecesse e que eu voltasse a ter minha vida real, visto e reconhecido, amado e vivo.

Era ainda uma esperança, mesmo que já amortecida pelo tempo.

O velho havia levado meu tratorzinho de faixas vermelhas para seu próprio neto.

Eu tentava imaginar aquele menino, o neto, com meu brinquedo preferido.

E também queria ter raiva do velho, raiva do menino que eu sequer conhecia.

Era difícil, eu não conseguia.

"Meu neto gostaria tanto de um brinquedo como esse..."

A fala do velho também atingira meu coração.

O desconforto maior era com o outro, o mais novo, de lencinho no paletó, o que levou meu caminhãozinho amarelo com seu controle remoto.

O homem nada dissera, simplesmente esticou o braço, apanhou o controle remoto e saiu, agarrando meu brinquedo como um gato, sorrateiramente, evitando nossos olhares.

O que faria com meu caminhãozinho amarelo?

Teria netos, filhos, esse homem silencioso e inexpressivo?

Ou venderia meu brinquedo ao primeiro interessado que encontrasse?

Maldito.

No interior, meus pais pareciam, enfim, resignados.

Eu via em seus rostos, suas mãos, que o tempo passara, eles envelheciam.

Minha mãe se dedicava com todo empenho — e até entusiasmo — ao seu trabalho com crianças pobres na pequena escola. Meu pai, desempregado, vivia de bicos, trabalhos encomendados por escritórios de contabilidade ou pessoas e empresas nas épocas de declaração do imposto de renda.

Meu pai se mantinha distante, inconformado, infeliz.

E silencioso.

Silenciosa, desprovida de vaidades, minha mãe assumira esse novo papel, de professora para crianças, quase como quem abraça uma religião, uma fé. Os meninos a adoravam e ela muitas vezes levava para casa alguns daqueles meninos para que brincassem com meus brinquedos, lessem meus livros infantis que ainda mantinha guardados em casa. Os meninos se admiravam com tantos brinquedos guardados, já que minha mãe havia decidido não mais falar do filho desaparecido.

Eu ficava ali em meu canto, observando a alegria daqueles meninos com meus brinquedos.

Era triste.

Num dia de muito sol, um domingo festeiro de junho, minha mãe carregou, nos braços, uma caixa de papelão que ela mal conseguia abraçar.

Era o que sobrara de meus brinquedos, livros, lições, desenhos, guardados por tanto tempo, na esperança de que eu voltasse, que estivesse vivo.

Um a um os brinquedos, livros e desenhos foram sendo presenteados aos alunos de minha mãe, num jogo de bingo.

O dinheiro arrecadado iria para comprar material escolar para os mais pobres da escola.

Eu já não sentia pena alguma por mais essa perda.

O que me pertencera agora pertenceria a outros meninos que nunca poderiam comprar aqueles objetos e livros. Muito diferente da perda para o homem de lenço no paletó, que não teria nem filhos nem netos e certamente teria vendido meu brinquedo para jogar, beber, fumar, se divertir.

Quanto a meu pai, bem, meu pai já não estava mais em casa naquele dia em que meus brinquedos foram distribuídos na festa junina.

Numa noite de grande desespero, levantou-se de madrugada, em silêncio, atravessou a pequena sala onde eu dormia, olhou para tudo o que havia ali, tocou a foto em que eu aparecia abraçado a ele e à minha mãe e, sem pestanejar, abriu a porta e saiu para nunca mais voltar.

Minha mãe acordou com o barulho do carro, a partida — e se levantou.

Eu pude ver a tristeza estampada no rosto de minha mãe. Um sofrimento contido, as mãos agarradas à camisola, o olhar que pedia socorro à vida, ao destino.

Mas nada fez para tentar impedir a saída de meu pai.

Um dia eu também saí de casa, deixando minha mãe.

Afinal, ela já havia se despedido de mim, doando meus brinquedos para seus pequenos alunos.

Assim como meu pai, ao nos abandonar, para sempre.

Eu não me preocupava com minha mãe. Ela se entregara de corpo e alma ao seu trabalho miúdo, de ensinar alguma coisa àqueles meninos pobres e sem futuro a quem dera o que restava de minha lembrança em sua vida.

Nada mais lembrava minha existência naquela casa.

Ali, eu já não existia, de fato.

Muitas vezes busquei, no rosto e nos gestos de minha mãe, alguma coisa que traísse aquela decisão de esquecer tudo. Um sinal que revelasse alguma esperança de me encontrar.

Nada, nem um sinal.

Ela enterrara o passado, para sempre.

Eliminara de sua vida qualquer esperança.

Eu, agora, não passava de uma tênue lembrança, sem emoção, sem volta.

Nada em seu rosto, em sua boca, em seus olhos miúdos e claros — nada revelava mais qualquer mágoa, qualquer sofrimento.

Mesmo imaginando que tudo aquilo não passasse de uma máscara a cobrir o desespero de minha mãe, decidi acatar o que ela escolhera para o resto de sua vida.

Saí de casa alguns dias depois de festejado leilão de meus brinquedos, livros e desenhos.

Era ainda uma tarde fria, algumas nuvens pesadas se formavam no horizonte, o céu sempre limpo e azul do interior.

Saí também sem mágoa alguma, apenas sobrecarregado de tantas lembranças, tantas perguntas. Inclusive sobre minha própria existência.

Tudo parecia possível.

Eu poderia ter morrido, poderia ter simplesmente desaparecido.

Ou nunca ter existido, simplesmente.

Mas, como explicar tudo o que vi, ouvi, senti em todos aqueles anos que, aliás, para mim, não passaram de instantes, já que minha existência parecia desafiar o tempo.

Eu não sabia as respostas.

E as perguntas se embaralhavam em minha mente, tomavam minha emoção.

Eu olhava minhas mãos de menino; era bom ver ali os sinais deixados pelas bolas de gude, as linhas enceradas de minhas pipas.

Era bom lembrar também de tantas passagens de minha vida, os passeios com meus pais, a escola, os amigos.

Sozinho, decidido, sem medo algum, bati a porta da casa e ganhei a rua, sem olhar para trás.

Também eu queria esquecer o passado.

Relembrar parecia então um meio de me despedir de tudo o que me parecia ter vivido.

O dia também caminhava para seu fim, os carros passavam apressados na volta às casas.

Tive a impressão de que uma garota, do outro lado da rua, com seu pequeno uniforme, me olhara com curiosidade.

Seria possível?

E um carro freou, não sei dizer se para mim ou para o pequeno “cocker” que aventurava a travessia da rua, com suas perninhas curtas e grandes orelhas.

O cachorro lembrava muito meu “Dylan”.

Atravessei a rua e dei adeus à menina que já não me olhava.

## O GATO GUEVARA

*O General Oliveira se tornara conhecido, desde os primeiros anos do Governo Militar, como um dos mais duros militares de comando. Uma fama adquirida no combate sem tréguas aos movimentos de resistência surgidos logo após o golpe de Estado de 1964, no Brasil. Mas agora, dezenove anos depois do golpe, a ordem geral aos militares era que se preparassem para viverem de novo — e em breve, sob a batuta de um governo civil.*

. . .

Disfarçando o olhar atrás dos óculos escuros, o General mal digeria o ódio com que seguia o carinhoso ritual das mãos do cunhado André massageando as costas do gato "Guevara". Nunca gostara desse rapaz cheio de trejeitos e brincos nas duas orelhas. Mas Leonora, a mulher, insistiu. Se Oliveira precisava mesmo ocultar seu passado problemático, se precisava exibir uma vida mais social, André certamente ajudaria, insistia Leonora.

O moço, seu irmão mais novo, era bem-relacionado, sempre alegre, prestativo, pronto a ajudar quem dele precisasse. Até mesmo entre opositores do regime — e isso era de suma importância. Por isso ela não abria mão: o querido maninho ficaria com eles por algum tempo. Ela e justamente o gato que André acariciava tão delicadamente. Guevara era preguiçoso, peludo demais para o clima quente de Brasília, mas fora a última exigência de Leonora para se mudar com ele para a Capital, onde exerceria algum alto cargo no SFI, o Serviço Federal de Informações.

O gato tinha que ir.

O nome "Guevara" fora escolhido também por ela.

Leonora tinha suas manias, adorava provocar o marido com esse tipo de coragem. Um exercício de provocação que não parecia ter fim. A mais terrível, para o General, era o que fazia com as amigas nas conversas, insinuando que "compreendia" as razões daqueles que o marido considerava inimigos, os comunistas.

Na verdade, Leonora se divertia às custas da sisudez militar de seu marido. Vingava-se dele e da falta de graça da vida cercada de regras, comandos, obediências, no convívio entre militares por tantos anos.

Vocês acham que com a saída dos militares do governo o país será de novo entregue aos comunistas? — perguntava ela ao irmão André. — Eu adoraria viver um pouco num país comunista. Deve ser interessante, apesar das pessoas todas iguais, vestindo as mesmas roupas, muita obediência, muita ordem. Aliás, que diferença teria a vida comunista da vida num quartel?

— Meu Deus... — murmurou o General.

Não conseguia silenciar a mulher. E não se acostumava com essas conversas, o tom falso de provocação com que Leonora se expressava. Incomodava-se ainda mais quando percebia que os interlocutores de Leonora muitas vezes acreditavam no que ela dizia e, sabe-se lá se por cortesia ou convencimento, concordavam com tais absurdos.

— A vida no capitalismo tem lá suas vantagens, mas aqui se vive sempre sob pressão. Quem sabe sem as classes sociais... — provocava Leonora.

O General procurava ser gentil, achava um fio de entrada na conversa, usava do espírito para desarmar a bomba criada por sua mulher. André, o cunhado, não o incomodava com suas estultices. Era um panaca perfeito. Um irresponsável, inútil e que, ainda por cima, vivia às custas da irmã.

E por isso o General não dava importância ao que o rapaz dizia.

Mas o Capitão, seu subalterno de confiança — pois até ele não deu de concordar? Fosse por respeito à madame ou quem sabe se realmente por achar aquilo mesmo?

Numa dessas vezes, o Capitão chegou a concordar com

André numa conversa que para o General não passava de pura provocação. André comparava a educação nos países comunistas com a nossa, brasileira, e dava vantagens aos comunistas!

Aqui é um horror, dizia ele. Nem se compara com a educação cubana... — insistiu André.

E o Capitão concordava com leves acenos de cabeça!

O General não se conteve.

— Puta que pariu! Cuba, vocês estão falando de Cuba? Puta que pariu!

Apesar disso, o General se esforçava o que podia naquela noite para não azedar o encontro, justamente quando convidara dois amigos recém-promovidos a general. Os dois, claro, simularam rir da "piada", mas apoiaram a reação mal-humorada do General, numa clara tentativa de evitar maior constrangimento ao amigo que os convidara.

O General, querendo desfazer o mal-estar, tentou uma outra saída, simulando também entrar na falsa onda. Riu um riso forçado e passou a "representar", num teatrinho vulgar, a figura de Fidel Castro, cofiando a barba e falando bem das criancinhas cubanas que ele, pacientemente, engordava para a ceia de natal.

Os generais gostaram, era o tipo de piada comum nas casernas, sempre funcionavam.

Mas naquela noite uma atração inesperada virou a cabeça do General: as pernas da mulher de um dos novos generais convidados.

. . .

Terminada a festa, o General deixou que Leonora seguisse sozinha para o quarto. Precisava de um tempo para se recompor das perigosas emoções daquela noite.

A noite em que se viu tomado por um belo par de pernas.

A noite que incendiara sua imaginação, a noite em que a

mulher de um dos generais convidados inflou o General de um desejo incontrolável.

Não podia tirar da cabeça aquela imagem de mulher, aquelas pernas provocantes.

Uma mulher maravilhosa, sensual, de uma beleza estonteante.

Que sorte daquele jovem general!

Precisava de um tempo também para se preparar, temeroso de que Leonora tivesse percebido tudo.

E nesse tempo elaborar sua estratégia.

Agarraria Leonora no leito, sem dar a ela tempo de se queixar.

E a amaria pensando na mulher de belas pernas.

Leonora viu bem quando o General tirou sua farda verde e se deitou, procurando o corpo da mulher. Mas fingiu dormir, de costas para ele, emitindo um falso ronronar que parecia vir do gato Guevara, aninhado na ponta de seu travesseiro.

Em vão o General se agitava na cama, simulando a busca de uma boa posição para dormir. Leonora não se entregava, seguia com seu fingimento.

O General esperava, impaciente. Uma situação dessas justamente no dia em que se sentia tomado de tesão, depois de passar horas dirigindo olhares furtivos para as belas coxas da mulher de um de seus amigos generais.

Não podia tirar da cabeça aquela imagem.

Uma maravilha de mulher. Muita, muita sorte daquele jovem general.

— Leonora? — insistiu ainda, tentando tirar a mulher daquele sono suspeito.

Nada, o falso ronronado parecia aumentar, como resposta.

O General não desistia, ensaiando pequenas carícias, a mão invasiva deslizando medrosamente na lisura da pele da esposa. E o pé arriscando um contato mais embaixo, coisas que sempre funcionavam.

Mas Leonora, de costas, persistia em sua frieza, insensível.

E agora, abraçada ao mimoso gato Guevara, roncava despropositadamente, como um selo evidente de seu desprezo.

A lembrança da mulher do amigo general, como é que ela se chamava mesmo? — a lembrança das belas coxas incendiava a imaginação do General, provocava-lhe ondas de calor por todo o corpo.

E se...

Certo, o marido era também General, mas de promoção recente, general de Brigada. Nada vai fazer contra mim, um General de Exército — pensou, sem conseguir reprimir o pensamento insidioso.

— Fora, pensamento de alto risco! — murmurou. Ainda mais agora, com os civis tão próximos do poder!

Não podia se arriscar, precisava da promoção conseguida, a mudança para Brasília, um posto digno e discreto, onde poderia passar o resto de sua vida militar sem se expor, preparando-se para os temidos novos tempos de um iminente poder civil.

Mas aquelas pernas, como esquecer?

Leonora teria percebido?

Afinal, eles estiveram juntos ali, frente a frente com o jovem general e sua esposa, sentados nas poltronas afundadas da sala de estar. A bela mulher, de saia curta, os joelhos de fora, cruzava e descruzava as pernas, apresentando ao mundo — e ao General — as belezas naturais do *grancanyon* que transportava consigo, empacotado na calcinha negra de rendas.

O General se perguntava sobre os seios, seriam eles também assim, abundantes, convidativos?

Não podia se lembrar.

Mal se lembrava da cara da mulher, quanto mais dos seios!

Pois o que o atraíra foram as pernas, claras, quase brancas de todo, apesar de a mulher ser evidentemente morena. Pernas expostas ali como se pela primeira vez, objetos sensuais que jamais teriam sido vistos, que jamais haviam sido expostos ao sol, como um brinde, um primeiro convite.

A flacidez da pele macia, ah Deus meu!

Examinando o corpo da teimosa Leonora, que insistia ainda em fingir dormir, o General pensava em si mesmo. Que contradição em sua vida, ele que era capaz de mandar e ser obedecido na hora, ele que era capaz de colocar um seu subalterno de quatro, de mandar prender, mandar bater, torturar, matar — ali se via obrigado a implorar, tímido feito um menino em sua primeira vez, a permissão da própria esposa para avançar um pouco mais a mão, num gesto corriqueiro de suas habituais relações à que julgava ter direito como marido.

A lembrança da outra, da sem nome, era como um fogo, uma tentação demoníaca de que não conseguia escapar.

Como se chamaria ela?

O General tomou uma decisão, repentinamente, percebendo que Leonora não abriria suas portas para seu tormento de marido.

O nome dela, quem sabe estará na lista de convidados.

Levantou-se com certo espalhafato, gastando assim a última esperança de capitulação da mulher.

Leonora, em resposta, roncou mais alto sua indiferença.

O General mantinha os olhos fixos na paisagem visível da coxa de sua mulher, por trás, graças ao movimento brusco feito por ela como se buscasse escapar aos desejos tão ardentes do marido. Olhar assim, por aquele ângulo recôndito — a salvo do olhar da mulher, tornava aquele pedaço de perna um objeto ainda mais cobiçado, uma obscenidade. Ela era morena, a pele muito lisa e tratada, sem qualquer sinal que pudesse denunciar sua idade, os cinquenta e cinco anos bem vividos. E, ao contrário da outra, também as coxas seguiam morenas, bem tratadas, ensolaradas, evidentemente mantidas às custas de frequentes massagens, malhações e banhos de luz. Quanto dinheiro.

O General procurou juntar, num só momento de sua imaginação alterada, quantas vezes havia visitado aquelas curvas tentadoras, a pele sempre bem hidratada, muito sensível ao toque. Não fora a exagerada sensibilidade de Leonora — qualidade de que sempre usufruíra e usara com sofreguidão —, não fora isso avançaria agora a mão desejosa e acariciaria aquele pedaço de mundo que, misturado com a brancura das imagens da outra, o levava quase ao extremo do prazer. Mas ele conhecia bem Leonora, sabia de suas reações rudes quando se tratava de defender sua individualidade. Ainda mais agora em que ela, para surpresa do General, simulava publicamente o desejo de se livrar — e até mesmo se vingar de anos de rigidez militar que o marido inconscientemente levava para dentro de sua própria casa, como extensão de um país subjugado.

Não, era melhor não arriscar. Ela poderia reagir de forma ríspida, o olhar felino então atravessaria a alma do marido, incriminatório, mais do que isso, definitivamente condenatório, deixando-o acuado, sem qualquer saída possível, reduzido a pó.

O General conteve o gesto, embora o olhar continuasse prisioneiro daquele pedaço de carne morena, insinuante, da mulher.

Teria Leonora desconfiado de sua atração pela outra, a sem nome, a mulher de seu amigo?

Quem sabe teria reparado na insistência de seu olhar rumo às pernas brancas da outra; quem sabe teria sentido o frêmito do marido nos momentos em que a sem nome cruzava as pernas, diga-se de passagem, sempre de forma mais do que generosa?

As mulheres parecem perceber tudo e de tudo.

Em uma das abissais cruzadas de pernas, a sem nome pareceu se arrepender momentaneamente do gesto — ou seria uma provocação ainda mais intensa, aquela? —, desfez o gesto depois de já percorrida a metade do caminho sensual, depois de ter, por um meio instante, exposto a vastidão branca de seu corpo inferior, depois de ter insinuado caminhos, veredas, convites. Descruzou as pernas e, antes de reiniciar o voo, o ensaio de sensualidade explícita, varreu o ambiente com o olhar ligeiro, o disfarçado sorriso nos lábios carnudos.

E seu olhar teria, naquele instante preciso, cruzado brevemente com o do General.

A reação foi imediata, como se o corpo rígido do militar tivesse sido vítima de uma poderosa descarga de eletricidade, um tiro com bala de prata.

O General disfarçou a iniquidade, ajeitando o corpo na poltrona cruzando as pernas, quem sabe induzido pela outra, sincronismo que poderia facilmente ser captado pelas antenas da esposa. Pois, por azar, Leonora estava junto ao marido, os braços gostosamente enfiados sob os seus braços musculosos. Um quadro assim perigosamente armado para receber e entender todas as reações do General. Alheia a tudo isso, ou quem sabe mesmo mais consciente do que nunca, a sem nome recomeçou sua travessia, erguendo a perna esquerda com lassidão, um pouco mais baixo do que o costume — coisa que, ao contrário do que se possa imaginar, tem o poder de revelar mais ainda, tal a capacidade que esse tipo de economia tem de atrair, de insinuar grandes planos, de atear fogo no rastilho da imaginação do outro, o alvo.

O General achou que enlouqueceria, tendo, ao mesmo tempo, que se aventurar por aquele convite mal-disfarçado e se controlar diante da vigilância eterna da esposa.

Que pernas, Deus do céu!

Ela estaria provocando, não conseguia mais duvidar.

E aquele olhar, mesmo que tão efêmero, talvez por isso mesmo tão interessante e revelador.

Em vão o General tentava desviar o próprio olhar, a atração irresistível mesmo quando o amigo, o marido da outra, trocava ideias militares com ele. Pois o outro, o marido, era o militar mais *caxias*[3] que pudera encontrar em toda sua vida de caserna. Do tipo nascido em berço precário, tendente à pobreza mas que logo descobrira, graças ao engenho da sonhadora mãe, que o Exército seria a salvação da lavoura magra de suas vidas.

E ali estava ele, agora, o filho da mãe, promovido a general!

Ernesto, esse era o nome!

O General repetia o nome do amigo, tentando, em vão, engatilhar no pensamento o nome da mulher, a outra.

Seria Conceição?

Não, essa era a mulher de outro general, também amigo, mulher que jamais atrairia sua atenção, quanto mais seu desejo. Ainda mais que ali o terreno seria por demais perigoso: imagine, aproximar-se dessa perigosa mulher, o marido poderoso, influente, que ideia! Não, não era Conceição e o General dava graças a Deus por isso, tendo a imaginação momentaneamente tomada pela carranca mal humorada do general marido da tal Conceição. As falas sempre aos gritos, sempre irritadas e terminais. E ai de quem contestasse suas ordens, já que nessa época, com os generais no poder, o poder realmente subia pernas acima, alimentava a tradicional intolerância e atraía a todos com a promessa e o gozo extremo. Pois tinha-se o país inteiro para mandar, todos os postos de serviços, os milhões de empregos, a sociedade inteira à mercê desse tipo de humor cujas regras eram as regras militares que nunca salvam qualquer subalterno do mau humor dos superiores.

---

[3] Costuma-se chamar "caxias" à pessoa que expressa exagerado amor pelo Brasil. Tal expressão tornou-se popular em referência a Luís Alves de Lima e Silva, o Duque de Caxias (1803-1880), alcunhado O Pacificador, um dos mais importantes militares e estadistas da história do Império do Brasil, que participou, desde 1923 (combate aos revoltosos da Bahia, que se levantaram contra a Independência do Brasil) até 1870 (fim da Guerra do Paraguai), das principais campanhas do Império contra seus opositores. Para culto de sua memória, o governo federal proclamou-o, em 1962, "Patrono do Exército Brasileiro". O dia do seu nascimento, 25 de agosto, é considerado o Dia do Soldado. Seu nome está inscrito no "Livro dos Heróis da Pátria". (N. do E.)

O General, desfazendo a confusão de nomes, sentiu-se reconfortado. No dia seguinte teria que se encontrar com o outro, o marido da Conceição, para discutir sua ida ou não para um alto posto em Brasília, provavelmente no Serviço Federal de Informações.

Então, qual seria mesmo o nome daquela, a sem nome, mulher do jovem general Ernesto?

Ernesto de tal, o marido da mulher de belas e claras pernas, pensou ele, divertindo-se, enfim, com a confusão de sua mente.

Desistiu da lista de convidados.

O perigo estava em descobrir ali o nome e cada vez mais se enrolar naquela sofreguidão em que se vira pouco antes, pondo em perigo seu próprio futuro. Seu cargo no SFI seria importante para engordar o soldo e, assim, satisfazer às constantes queixas de Leonora de que todos os outros generais da turma de seu marido ganhavam melhor e ocupavam cargos mais importantes do que ele.

Deve ter algum jeito, não é possível, insistia ela, inconformada.

Mas que jeito?

O General então jogava para baixo sua própria autoestima, considerando-se sempre incapaz de qualquer criatividade, de qualquer vocação para ganhar dinheiro.

Poderia estar rico, com tanto poder que acumulara nas mãos, tantos amigos ainda mais poderosos do que ele. E sentia uma pena profunda por ter perdido tanto tempo e pressentindo que os bons tempos iam ficando para trás, com as promessas de devolução do poder aos civis.

Uma pena!

Não podia se arriscar logo agora, ainda mais com a certeza de que eles, os militares, não conseguiriam mesmo se perpetuar no poder. Era mesmo uma pena, entregar as rédeas para aquela canalha branca de políticos corruptos e maliciosos. Uma pena, mas era preciso levar isso em conta e tirar o atraso, aproveitar enquanto ainda pudesse. Não por ganância pessoal, dizia a si mesmo, mas pelo bem da pátria, pois, depois de tantos anos dedicado às Forças Armadas, muito tinha a oferecer, e esse desprendimento soava como uma obrigação.

Em meio a tantas digressões, o General tentava, em vão, livrar-se da perturbadora imagem da mulher de pernas claras. Perguntava-se por que tanta atração e mesmo se essa intensidade não se devia à sensação de perigo, ao fato de que ela, o objeto de tal obsessão, era mulher de outro oficial.

E um oficial recém-elevado a general, sabe-se lá apadrinhado de quem.

Mas aquelas pernas, ah aquelas pernas brancas bem que valeriam uma aventura.

Não, não, meu Deus, não posso me arriscar!

Precisava voltar ao leito, buscar o abrigo da mulher. Que ela o ajudasse a escapar dessa perigosa insensatez.

Leonora haveria de ceder, já que ele também cedia, desocupando a mente de imagens tão atraentes, as coxas brancas, as coxas brancas.

Deitou-se novamente e fixou o olhar de raios X na nesga de coxa de Leonora, pedaço de carne morena que continuava a emergir das cobertas.

O olhar determinado do General vinha com tal imperiosidade que aquecia a pele atingida, fazendo a mulher levar a mão para aliviar o calor e, com esse gesto, descobrir um pouco mais da dadivosa imagem, como uma oferta generosa.

Até mesmo o gato Guevara, aninhado nos braços de Leonora, ensaiou uma retirada, sentindo o calor daquele olhar determinado do General.

O General odiava aquele gato, tanto quanto odiava quem o havia trazido, o insidioso irmão de Leonora, o irresponsável e transviado André. Teve ímpetos de arrancar o animalzinho dos braços de Leonora. Mas Leonora, parecendo perceber tudo, apertou ainda mais o abraço, mantendo o manhoso felino entre os braços e os seios.

O General agora lutava consigo mesmo. Não mais para se livrar das lembranças da outra — a sem nome. Sentia-se presa de uma força incomensurável que tomava sua mente e seus gestos, que destruía, como um furacão, todo controle, todo simulacro de respeito, todo limite. Era como se passasse repentinamente por uma inexorável transformação — trajado de novo como chefe, comandando seus homens na guerra terrível e sem limites do combate aos inimigos da pátria.

Em seu transe, primeiro atirou para longe, com um golpe certeiro de mão, o odiado gato Guevara. Num gestual já irremediável, saltou sobre a mulher, como sempre fazia. Possuiu-a desastradamente, em fúria, como sempre acontecia, transformando os lençóis em campo de batalha. Evitava dar a ela o mínimo de chance para decidir se queria ou não a violência daquele prazer, sabendo que fazia o que Leonora sempre esperava que ele fizesse.

E como sempre acontecia, Leonora gemia escandalosamente de prazer, sob o olhar queixoso do peludo e inconformado gato Guevara.

# NO TEMPO DO CINEMA

A Menina Remediada, sentada no sofá diante da TV, se impacienta com a dificuldade de operar três ações ao mesmo tempo. Primeiro assistir à novela da tarde, onde tudo quer parecer gritantemente interessante e a atenção se prende nos momentos, instantes, em que os atores se expressam buscando impedir que o espectador desvie o olhar. Segundo, o pensamento um pouco inquietante que circula livremente, como se em outra cabeça, diante da perspectiva da chegada da mãe que, assim, vai verificar a desarrumação da sala e o caderno de lições abandonado no carpete. É um tempo circular, em que a "possibilidade da mãe" entra, caminha, abre a porta, exibe o olhar de surpresa, gira o olhar severo para a menina. E depois faz tudo de novo, mesmo que a menina tente consertar a cena, talvez se imaginando agarrando o caderno antes do olhar da mãe, talvez surpresa porque a porta de repente já não se abre e mãe alguma entra na sala, gerando uma inquietação grande, como um outro corredor por onde circula uma tensão indefinível, um medo, uma insegurança, uma angústia imensa que parece crescer a cada giro da cena. Terceiro, sem querer perder uma só imagem da novela, a menina ainda teima em dar a mamadeira para a sofisticada boneca que mama e chora e às vezes vomita sobre a roupinha se a "mãe" não obedece ao tempo exigido pelo "bebê" para engolir o "leite".

A menina assim está diante de um desafio múltiplo, desafio que nasce de sujeitos vindos não se sabe de onde e que trazem, cada um, seu próprio jeito, seu tempo. Nenhuma daquelas coisas, aparelho de TV, porta, carpete, caderno, boneca, foi feita pela menina e ela, na verdade, as toma como coisas feitas, coisas que pertencem a outro tempo que não o tempo dela, como se em alguma outra dimensão do mundo, quem sabe outra região do espaço um ser original, inaugural, onipresente, onisciente (e ao mesmo tempo singelo, desprovido de qualquer vaidade, obscuro), gerasse incessantemente produtos os mais diversos, inclusive o dinheiro ou talões de cheque ou cartões de créditos com que seus pais buscam esses seres sobre os quais a menina não lança nenhuma curiosidade a não ser a de como usá-los e usá-los bem ou mesmo destruí-los com prazer se for insuficiente o prazer do simples uso.

...........

A Mãe da Menina Remediada, funcionária pública, já nesse fim de tarde, ainda se vê tomada pela sensação de impotência diante do volume de pastas a serem decifradas, anotadas, carimbadas, analisadas, acrescidas de pareceres e propostas para que o chefe analise e finalmente despache.

É quase automático desviar o olhar da montanha incômoda de papel para o pequeno relógio, presente de aniversário comprado com a lista de colegas. E, estranhamente, achar que o relógio está parado, sempre. Imagina que leva cinco minutos em média para preparar cada pasta, cada processo e imagina também que, depois do café das quatro, teria analisado dez processos e isso daria uma média de cinquenta minutos e no entanto o relógio teima em apontar as quatro e meia em vez das quatro e cinquenta. Na verdade, a essa altura, a Mãe da Menina Remediada sente que deve ter demorado ainda mais com os processos, coisa normal para o fim do dia, quando a atenção se dispersa, a preocupação com a filha (sozinha, em casa), o corredor de pensamento que imagina o marido também em final de trabalho em seu escritório de arquitetura. Imaginação que, tal como acontece com a menina e a imagem da Mãe, fica indo e vindo como uma cobra que morde o próprio rabo e gira infinitas vezes aprisionando o tempo nesse círculo danoso que faz o mundo parar.

Tudo demora mais, pensa.

Menos o relógio, que anda menos, quem sabe para ele também o tempo cansa, já que tudo dele é para exibir o tempo, medir o tempo, impor o tempo a quem o contratou para tão severo serviço capaz de escravizar o próprio patrão. Feito ainda de engrenagens que podem ir se desgastando, fazendo que os giros demorem mais, deslizem dentes com dentes antes de fazer andar, como se o relógio fosse envelhecendo num outro tempo, coisa que nem ele mesmo, relógio, poderá medir, pois, à medida que o fizesse, já não seria o mesmo desde o início até o fim e também porque em algum momento estará "morto" e aí quem medirá o tempo em que ficou parado para ir e voltar do conserto ou simplesmente ser jogado no lixo e destruído por alguma criança miserável dentre os catadores de lixo? E para esta criança pouco importará se o relógio marca ou não seu tempo.

E o tempo ali, do escritório, seria outro, o horário de despertar para o remédio da mulher, Mãe da Menina Remediada: o tempo de chegar e de sair do trabalho.

Nada. Os pés descalços da Menina Miserável apenas andam no ritmo de costume, evitando pontas, cacos de vidros, bordas de latas velhas. O olhar acostumado a distinguir no meio da sujeira qualquer coisa que interessasse. Pois ali, também para ela, a Menina Miserável, o mundo possui um ser distante que cria esses objetos. E ela nem quer saber como e para quê. Sabe que alguém poderoso os cria e que esses objetos acabam chegando ali de caminhão, no tempo certo: o importante é apresar os passos como sua própria mãe ou seu pai para não chegar atrasado ao caminhão no momento em que se abre a tampa traseira. A caçamba se ergue e aquelas dádivas vindo de algum olimpo se derramam vagarosamente sobre o lixo velho já catado. Vendo o derrame, apenas por um instante, passa pela cabeça da menina, em corredor próprio do pensamento, que tudo ali anda mais devagar, que as pessoas parecem mais calmas do que vira um dia pela TV, numa reportagem em que ela mesma aparecia catando uma velha mamadeira de boneca ainda cheia do "leite" original e, soterrada, a boneca destroçada continuava com o cinto atado ao gargalo da pequena mamadeira. A Menina Miserável gira o olhar em gestos repentinos e precisos, buscando copiar o que vira na TV, o lixo caindo, mãos catando, olhares de um lado, olhares de outro, pessoas correndo dos barracos ao longe no afã de ainda conseguir catar qualquer coisa, o helicóptero da polícia sobre suas cabeças, o carro de polícia chegando e, depois, o corpo encontrado a poucos metros de onde a menina miserável catava seus bens e encontrava sua boneca destroçada com a mamadeira. Era impossível, pois com apenas três ou quatro miradas a menina miserável já não encontrava o olhar de volta, nem o caminhão e nem as pessoas que disputavam com ela o lugar onde se postara.

Na TV vira mais coisas do que podia ver ali.

E o mundo agora, mesmo com cheiro, parece mais simples, menos atraente.

Até gente, parece que tem menos do que vira naquele dia.

A Menina Miserável examina pacientemente a mamadeira de brinquedo, a cor tentadora do líquido esbranquiçado — "será leite de verdade?" — e resolve provar, apertando levemente o plástico da mamadeira e deixando pingar sobre a ponta da língua. Líquido insosso, nojento.

Sua mãe, a Mãe da Criança Miserável, ralhava com ela, "fica aí abobada, os outros vão pegando tudo na sua frente".

..............

A Mãe da Criança Miserável era uma batalhadora, contava que aprendera a catar lixo com seu padrasto. O pai morrera por um efeito de simultaneidade: esperando o trem que não chegava nunca, acabou deixando cair, nos trilhos da estação, seu embornal com seus trens, o canivete, o pedaço de fumo, a palha para o cigarro, documentos. Desceu até os trilhos e aí o trem, finalmente, veio. Não houve o tempo necessário para escapar. E, já que dois corpos não podem ocupar o mesmo espaço, no mesmo tempo, o homem morreu estraçalhado pelas rodas de ferro.

Sozinha, a mãe da Mãe da Criança Miserável, portanto Avó da Criança Miserável, se encostou no vizinho de barraco, mesmo sabendo que o homem não passava de um vagabundo.

Vagabundo, o Padrasto tinha origem desconhecida pela Avó da Criança Miserável.

O nome?

Dizia-se Luís, mas pronunciado por ele de uma maneira que ela sempre estranhava, como se esticasse demasiado o "i" e deixasse de fora o "s".

Desconfiava de seu sotaque que às vezes derrapava para uma furiosa linguagem gutural, carregada de erres e falada como se a boca se tornasse uma caixa de ressonância, momentos em que o homem se tornava vermelho, o pescoço inflado em demasia. A mulher temia que ele, nessas ocasiões, morresse à sua frente, o corpanzil tombando dentro da salinha pequena onde mal cabiam o velho sofá e a mesinha com o aparelho de televisão.

O Padrasto não fazia nada mesmo, entretido na TV, assistindo a programas de luta livre dos primeiros tempos da TV.

Aquilo era magia pura.

Os lutadores pareciam de borracha e os golpes verdadeiros demais.

Mas a menina, futura Mãe da Criança Miserável, se incomodava com aquilo.

"É tudo mentira, pai...".

O Padrasto se irritava com a menina, apesar da boa vontade em chamá-lo de "pai".

Tirava-lhe o prazer.

Ora, o que significava "mentira" num programa de TV?

A coisa estava ali, se passava frente a seus olhos (e coração), como um cotidiano qualquer, como o gato correndo do cachorro em sua sala, a menina sovando nervosamente a almofada encardida do velho sofá, a mulher, Avó da Menina Miserável, com sua mania de limpeza dos trens pobres em meio aos quais viviam.

Assim, tudo era um movimento e o olhar é que captava tudo, dava realidade a tudo.

Por que seria diferente na TV, se ali também era o olhar que valia, o olhar é que conduzia todas aquelas imagens, acontecimentos, sons, gritos, uivos, sangue, notícias, graças, jogos — para dentro do ser mesmo de quem olhava?

"Olha o sangue, menina, o golpe violento!"

"É catchupe, pai. Eu vi numa reportagem".

Irritante.

Negar realidade às coisas é como negar a si próprio.

Negar que ali à sua frente vira o lutador de calção amarelo, o "China", erguer-se do chão e bater violentamente com o pé no de calção azul, o "Dragão", e arrancar dele pelo menos dois dentes — dentes que pareciam sair em câmera lenta da boca do infeliz —, como negar, como negar, COMO NEGAR?

A menina, futura Mãe da Menina Miserável, se encolhia no velho sofá (achado na rua, num dia de muita chuva).

Medo.

O olhar do Padrasto era de ódio.

A menina sentiu que havia ferido algo muito sério no interior daquele homem, despertando-lhe a ira, o desejo de violência.

Tinha vontade, uma vontade provocadora, de ainda acrescentar novas dúvidas. Por exemplo, dizer que a luta não era ao vivo e que, por isso, a cena dos dentes caindo era exibida em câmera lenta. E percebeu que o Padrasto nem se tocava com isso, a "câmera lenta" não parecia nem uma coisa artificial, mas perfeitamente incorporada ao processo narrativo já de antemão aceito pelo homem.

Nada ali lhe pareceria estranho.

Nem as óbvias montagens, inversão de ordens cronológicas, nada, como se a ficção houvesse substituído a realidade sem se denunciar. Como se alguém no mundo, impunemente, se apresentasse como sendo ela, a menina, com o mesmo nome, tudo, um duplo perfeito só que com outra alma, outra índole, por exemplo, uma assassina cruel, quem sabe uma ladra. As pessoas olhariam para a sósia e veriam ali a própria menina. E então dariam a ela, a sósia, a atenção que dariam à verdadeira menina e também os créditos, os carinhos e tudo que poderia merecer a verdadeira e que assim podia ser usufruído pela falsa. E de tal modo que a identidade da menina passaria a se transmutar e a menina ganharia então uma nova realidade que seria uma nova menina com as duas índoles e a mesma cara da primeira (e da segunda), até que então pudesse surgir uma terceira, sósia daquela segunda e...

Melhor sair.

Olhou ainda para o velho sofá, mais uma vez reparando no estranho calço de um dos lados, onde uma das pernas se quebrara: três latinhas circulares, antigas, um pouco menor do que um disco, uma sobre a outra, mantendo o velho sofá na posição.

As latas, antes, ficavam numa também velha estante, mantidas invioláveis pelo olhar de ameaça do Padrasto toda vez que alguém se aproximava muito das latas ou expressava sua curiosidade.

A menina, curiosa, ainda chegou a ver o desenho que ainda sobrevivia em uma das latas: escrito de forma circular, a estranha palavra "lumière". Teve vontade de ver de novo a latinha, quem sabe abrir, ver o que havia por dentro, que mistério seria aquele.

Desistiu, ante o olhar de ódio do Padrasto.

Melhor mesmo é sair.

Foi o que a menina fez, de mansinho, conservando olhar temeroso e vigilante sobre a imagem ruim do Padrasto.

Num dia também de muita chuva, o Padrasto, quem sabe

guardando por um bom tempo a raiva da menina por causa da TV, a violentou.

Era pouco mais do que uma menina.

A menina fugiu, mas só depois da vingança cruel: quebrar o aparelho de TV do maldito, deixando-o sem a realidade de seu mundo imaginário. E, vingança ainda maior, roubou do Padrasto as três latinhas que sustentavam o velho sofá.

Abrindo as latas, o rosto muito próximo, sentiu-se sufocar com o gás que saía da lata como um velho prisioneiro, gás que talvez viesse da fita imensa, enrolada sobre si mesma, deteriorada pelo tempo. Tomada pela náusea — e pelo sentimento de vingança — a menina jogou as três latinhas pela rua pobre de seu bairro, assistindo com prazer o desenrolar comprido do conteúdo de uma delas — a que abrira, rua abaixo.

O Padrasto, talvez envenenado pelo próprio ódio, talvez destruído pela falta do oxigênio daquelas imagens de TV para a sede de sua loucura, quem sabe sentindo exageradamente a perda de suas preciosas latinhas misteriosas, foi minguando a olhos vistos, como um balão furado.

Até morrer ali, deitado no velho e desequilibrado sofá.

Morrendo lentamente, como quem voltava no tempo, a cada dia mais parecido com um pequeno feto enrugado, feio.

...............

E a menina virou mãe, a mãe da Menina Miserável.

A Mãe da Menina Miserável cuidou de sua filha catando lixo, universidade que repassou à filha, que agora vemos ali às voltas com a irritação da mãe e com a mamadeira da boneca de brinquedo jogada fora pela Menina Remediada do início de nossa história.

A Menina Miserável se sentia aturdida com as atitudes da mãe. Ora mandava que catasse tudo, “pois tudo teria seu valor”. Ralhava quando via a filha perdida em devaneios, sonhos, ilusões como agora com a mamadeira de falso leite. Ora desdenhava de coisas, como agora: desdenhava do mar de televisores despejados de uma caçamba sobre o manto podre do lixo multicolorido.

A Mãe da Menina Miserável odiava aquelas máquinas do tempo.

............

Madeleine, operária da Usina Lumière, era a filha do meio dos Coronne, uma família numerosa de Lyon, na França do final do século XIX. Dois irmãos, mais velhos do que ela, cuidavam do pequeno pedaço de terra cedido por piedade pelo poderoso Conde de Vignon, nos arredores da cidade. Ali produziam a beterraba e hortaliças que complementavam o parco regime alimentar da família. O pai morrera de tifo. A mãe delirava entre a realidade e seus sonhos que muitas vezes se tornavam pesadelos, fazendo dela um boneco tomado pelo pânico, indomável, louco, em transes que ninguém podia compreender pois vinham marcados por longos monólogos numa língua que ninguém conseguia decifrar. Apenas Madeleine pressentia que aquela loucura verbal viria de algum lugar, de algum tempo remoto pois os sons faziam sentido, como se ela conseguisse "entender" mas não "decifrar" o tom rústico das falas da mãe. Duas irmãs bem mais novas, as "rapas-de-tacho", mais pareciam bibelôs: lindas bonecas, frágeis, nascidas para algum marido que cultivasse suas belezas e falta de cor. Ao contrário de Madeleine e dos irmãos, morenos, as duas últimas eram bem loiras, o que deixava claro que a mãe tivera alguma loira aventura ainda antes da morte do pai.

Para ajudar no sustento da família, Madeleine se empregara numa fábrica estranha, cheia de invenções: a fábrica da família Lumière, implantada no quartier de Monplaisir.

Procurando emprego, viu a fila de mulheres e arriscou. Entrevistada por um dos irmãos Lumière, o que tinha um ar sonhador, olhos muito bonitos. Muito simpático, o homem fazia perguntas sobre o que sabia Madeleine do mundo, das máquinas, das novidades, o que usava em casa. Tantas perguntas que ele parecia fazer sem se importar muito com as respostas ou, quem sabe, apenas decifrando no espantado e intimidado rosto de Madeleine algum interesse ou mesmo uma certa vergonha de nada saber do que o homem perguntava, o que revelaria uma certa possibilidade de um melhor aproveitamento da operária.

O homem era Louis, elegante, simpático, com seu vasto bigode.

Madeleine, mesmo atormentada pelas perguntas, não deixava de olhar com interesse para o dono daqueles lábios que pronunciavam palavras tão difíceis — e imaginava o quanto ele era rico e de como um pouco só de sua fortuna resolveria para sempre os sofridos problemas financeiros de sua pobre família. Em vão esperava de Louis algum gesto de caridade, quem sabe uma súbita compreensão do permanente drama da família Coronne, drama tão fácil de se desfazer. Mas os olhos sonhadores e simpáticos de seu entrevistador pareciam olhar para longe, um olhar que atravessava Madeleine como se a fotografasse, como se a registrasse em cada instante, guardando esse instante para sempre, quem sabe como pequenos fotogramas encadeados na memória seletiva de Louis.

Madeleine conseguiu o emprego e, com ele, as escassas moedas que garantiam pelo menos a subsistência da família Coronne. Mas o trabalho era árduo e controlado, a complicada tecnologia de fabricação das "etiquettes", placas secas para fotografia inventadas por Louis, o segundo filho do fotógrafo Antoine Lumière. De forma que as saídas de fábrica, praticamente doze horas depois das entradas, se constituíam num momento particularmente prazeroso, como uma espécie de libertação. Depois de tanto tempo trabalhando com pouca — ou nenhuma — luz; depois de tanto tempo respirando aquele ar carregado de vapores químicos, sem proteção alguma, a saída pelo portão principal se revelava como uma espécie de novo tempo para a vida. Um tempo que era novo, repetidamente novo, dia após dia, como se a vida ali se repetisse a si mesma. A mesma sensação de alívio, o mesmo prazer em respirar o ar ainda puro de Lyon, a ânsia de chegar logo em casa, sentir o aroma doméstico, tocar em seus objetos de rotina, vagar pelos cantos da casa e do pequeno quintal, quem sabe em busca ainda de alguma fruta, alguma flor, algum olor.

A saída da fábrica se tornara, assim, uma espécie de marcador do tempo, mais forte do que a hora, mais convincente mesmo do que o dia, já que Madeleine se acostumava pouco a pouco a não mais ver o sol por seis e algumas vezes até mesmo por sete dias da semana, em épocas de "apertos" de produção da Usina Lumière, tal o sucesso das placas.

Por isso, pela imposição temporal da saída, impressionou tanto a estranha reunião convocada pelos irmãos Louis e Auguste Lumière naquele dia de outubro de 1895.

Enquanto se preparava para a famosa sessão, Madeleine se lembrava de três momentos em que se sentira sob o caloroso olhar de Louis Lumière. Primeiro a entrevista em busca do emprego. O olhar de Louis, sua calma, seu sorriso, tudo que poderia tranquilizá-la na verdade ainda mais a deixava atrapalhada. Depois o episódio da máquina de costura. Madeleine fora chamada pelo encarregado da fábrica para ajudar na confecção de dezenas de aventais novos para os operários. Desacostumada com esse trabalho, a moça deixou que o tecido se embolasse, prendendo a agulha. Em vão o encarregado, Pierre, tentou resolver, sendo surpreendido mais de uma hora depois pela entrada de Louis, sempre marcada pelos olhares expressivos, carregados de curiosidade. Ninguém melhor do que ele para consertar o defeito. Habilmente, com uma das mãos movimentando, por baixo, o mecanismo da máquina — e, por cima, com a outra mão, acionando a agulha —, Louis resolveu o singelo problema. Mas estranhamente ficou ali, como que alheio, infantil, brincando com a agulha, fazendo-a subir e descer.

Eureka!, gritou ele.

"Aí está a solução: o mecanismo prende, puxa, libera parando, volta, prende de novo, assim por diante. O mecanismo cria um tempo próprio, submete a agulha e o tecido a esse tempo, fazendo-o andar ou parar para ver — e fotografar, se for o caso! — e libera-o para fisgar de novo, em um novo tempo, mais um pedaço de tecido e o prende para sempre, como um abraço eterno, como uma fotografia prenderia o tempo e a imagem! É isso!"

Feliz, agarrou a estupefata Madeleine e dançou com ela pelo pequeno salão de costura. Louis acabara de solucionar o problema mecânico de como registrar numa película um grande número de fotografias de um movimento real.

Madeleine se lembrava também do dia em que fora, junto com seus companheiros e companheiras, fotografada à saída da fábrica dos Lumière. Naquele dia o simpático Auguste fizera uma verdadeira convocatória: todos deveriam estar no galpão da fábrica apesar de ser um domingo. E bem trajados: não para trabalharem, mas para serem, digamos assim, "fotografados" com um novo equipamento criado pelos inventivos irmãos Lumière. E assim foi. Madeleine, apesar das dificuldades familiares, ainda possuía boas roupas, herdadas da mãe e até mesmo presenteadas por parentes parisienses em melhor situação de vida.

Atenção! — gritou o encarregado, escondido do lado de dentro do portão, enquanto todos os operários se aglomeravam, ansiosos, no saguão de saída da fábrica.

Um outro encarregado veio correndo, já suado de tantas corridas, avisos, alertas, gritos de Louis Lumière que só assim, aos gritos, podia se comunicar, pela distância em que se encontrava, do outro lado da rua, bem em frente ao portal principal de sua fábrica. Mas, para além da necessidade, gostava daquilo: gritar para ser entendido e ver que o mundo se organizava como ele queria, para ser fotografado.

Era para saírem.

E atenção: para saírem devagar, alguns seguindo reto para atravessar a rua, outros para saírem pela direita e outros pela esquerda.

E mais atenção ainda: ninguém deverá olhar para o outro lado da rua, onde estaria a máquina de "fotografar", colocada na varanda da casa em frente.

Inquieto, preciosista, Louis não se conteve, atravessou a rua a fim de pessoalmente orientar os operários para a famosa saída, como que ensaiando com eles os passos, o caminho a percorrer no instante em que fosse aberto o grande portão. Um por um, inclusive Madeleine, que se sentiu corar quando se viu frente a frente com Louis e, mais ainda, quando se viu agarrada por ele, que a puxava delicadamente pelo braço indicando o que deveria fazer.

Tudo combinado, com tantas orientações que ativavam ainda mais a curiosidade de todos, a cena teve início, como um marco inaugural de uma nova técnica.

Ação! Gritou Louis, de longe, da sacada, com todos os pulmões.

O imponente portão se abriu e os operários foram saindo.

Madeleine, curiosa, se postara bem à frente, tentando desvendar o mistério de tanta organização. Pois alguma novidade haveria. Fosse apenas uma fotografia, os operários simplesmente se postariam diante do portão, eles mesmos paralisando o tempo, criando um certo hiato, um instante sem movimentos, como se a vida fosse aquilo, corpos e paisagens parados para o olhar curioso da câmera fotográfica.

Para que andar, então?

Que sentido teria andar, isto é, criar um movimento no espaço e no tempo se a câmera fotográfica procurará justamente o instante, o silêncio, o estático?

Madeleine se lembrava de uma imagem que ganhara de

um primo parisiense: era uma cópia de "A Última Ceia" de um pintor italiano. Seria Davinti, um nome assim? Madeleine errava apenas a pronúncia. Da Vinci. Era como uma foto, sim, as pessoas frente à câmera, naquele momento de tanta importância, ladeando Cristo. "Quem de vós será meu traidor?". Os apóstolos todos de um lado e de outro de Cristo, como que prontos para o registro, quem sabe para o pintor, quem sabe para a máquina fotográfica. Mas a verdade é que as pessoas pareciam estar se movendo na hora da foto; o artista reproduzira os gestos, os olhares instantâneos, breves, fugidios.

Quem sabe por isso.

Quem sabe, assim como pintor, a máquina fotográfica teria esse dom de ir além do instante, de capturar o tempo em movimento, mesmo que fosse um instantezinho à frente, não importa o quanto, pois o intento se revela em qualquer quantidade, muito, pouco.

Eram muitas as dúvidas.

No entanto, junto com todos os operários, Madeleine se ajeitava agora, passados quatro ou cinco dias, na improvisada sala de projeção dentro da própria Usina Lumière. Ali se viam, além das cadeiras dispostas como num teatro e, à frente de tudo, um pano branco, quadrado, fixado à parede do fundo onde normalmente se via um quadro negro para as aulas de iniciação dos operários aos mistérios da fábrica Lumière.

Para aplacar a já insustentável curiosidade dos operários, os encarregados repetiam para uma e outro — e balançavam a cabeça indicando uma certa imprecisão no termo — que apresentariam agora as "fotografias" tiradas na encenação de saída da fábrica.

E, por isso, todos poderiam, agora, se ver na "foto", devendo cada um fixar a atenção para se localizar na cena.

Ora, foto é como se fixassem o tempo, pensava Madeleine.

Por isso se preparara para ver sua imagem naquele instante preciso, como um flagrante de sua vida, o momento de um gesto, de uma respiração, uma mirada, alguma lembrança que poderia provocar alterações sensíveis em sua expressão facial, a boca, os lábios, os olhos, até mesmo os cabelos, as mãos... Como operária, já se acostumara com essas cristalizações do tempo, esses instantes fixados para sempre e por isso mesmo carregados de mistérios. O que uma pessoa assim eternizada estaria pensando no exato momento da fotografia? O que expressam seus gestos contidos agora no instante? O que estaria olhando aqueles cujos olhos parecem se deslocar para um lado ou outro da imagem? O tempo real não existe ali, depois de paralisado pela ação de uma máquina, a mão que habilmente abre e fecha com rapidez a boca da objetiva deixando entrar ali, como uma corrente de ar, um fantasma carregado de imagens que se impregnarão numa placa colocada dentro da máquina.

O tempo agora é outro, como um corte vertical, uma outra dimensão, escapando do antes e do depois, dominados pelo instante da foto.

Mas os responsáveis pela apresentação faziam mistério.

São fotos? — perguntavam os operários.

De certa forma, sim — respondiam.

De certa forma?

Atenção, a projeção vai se iniciar. Apagam-se as luzes, é possível ouvir um suspiro coletivo, misto de temor e curiosidade. O pano branco subitamente se ilumina, marcado por um cipoal de rabiscos que se moviam nervosamente, como se estivessem soprados pelo vento.

E, de repente, a grande surpresa para aquelas dezenas de olhos incrédulos diante do que viam: suas próprias imagens se movimentando, à saída da fábrica dos Lumière.

Um jovem operário, o rosto vermelho, se levanta assustado e é seguido por vários outros. Também algumas mulheres o seguem e uma delas chega a ensaiar uma retirada, arrastando a irmã mais nova consigo.

Que seria aquilo?

Uma bruxaria?

Madeleine, extasiada com o que vira, não sabia como expressar o que sentia. A lembrança de "A Última Ceia" não saía de seus pensamentos, como uma espécie de pano de fundo de toda a emoção. Ela mesma, Madeleine, estava lá, na "foto" móvel, cheia de vida, caminhando à saída da fábrica. Não mais como uma fotografia, nada parado, até os panos e as folhas das árvores se mexiam. E o extraordinário de tudo aquilo é que de novo os irmãos Lumière colocaram o rolinho na máquina e de novo todos os operários saíram, de forma absolutamente igual e os panos também tremelicaram igualmente e as árvores...

Quantas vezes Louis Lumière pusesse a máquina para girar, tantas vezes tudo se reiniciaria, uma mágica absurda em que o homem aprisionava o tempo por quanto tempo quisesse. E ela, Madeleine, viveria ali para sempre, com a mesma roupa, os mesmos sorrisos — e ela se lembrava agora, os mesmos sentimentos, os mesmos pensamentos.

Ela poderia envelhecer, morrer e aquelas imagens seguiriam vivas, para sempre, tornadas independentes, livres de qualquer amarra ao instante da "fotografia" e também do modelo, da pessoa "fotografada", como um fantasma eterno, já sem memória de sua carne.

Uma nova vida estava assim criada pelos artifícios dos Lumière.

Uma armadilha.

Madeleine se lembrava, estranhamente, dos tempos de criança, os irmãos montando armadilhas e depois, escondidos por detrás de árvores, dispostos a uma paciente espera, indiferentes ao tempo, já que se sentiam donos dele, de seus desígnios e, sendo jovens, ainda não sentiam nem no corpo nem na alma a passagem desse destemido algoz. As armadilhas pareciam, elas também, reter o tempo, torná-lo um instante prolongado que muitas vezes conseguia paralisar até mesmo a respiração dos caçadores, até que a incauta ave desmontasse o engenhoso maquinismo e a gaiola de pau despencasse e se tornasse uma gaiola que o aprisionava, para alegria dos irmãos.

Ali eram muitas coisas aprisionadas: o pássaro, a vida, a expectativa e — quem sabe? — o tempo. E nesse novo tempo, como um espaço delimitado de viver, tudo se modificava, os jovens saíam de seus esconderijos, rompiam o silêncio, davam gritos de alegria, enquanto o pobre pássaro se debatia em vão tentando fugir de seu próprio destino, fatalidade à que fora atraído não mais do que pela curiosidade.

Era isso o que fazia Madeleine, ainda hipnotizada pelo efeito da projeção na tela dos Lumière, lembrar-se da infância.

Os Lumière, por acaso dois, como os irmãos de Madeleine, brincavam com o tempo. A diferença é que seus irmãos não pensavam no tempo, pensavam apenas em aprisionar o pássaro. O tempo corria livre, mesmo que aos punhados de instantes, aos pulos. Já os Lumière procuravam biscoitos mais finos: aprisionavam o tempo.

O senhor não tem medo do que fez, Sr Louis?

A pergunta, feita por uma outra operária, mais velha, parecia ter saído da boca de Madeleine.

Madeleine fixou o olhar em Louis, à espera da resposta a tão candente questão.

Louis a atraía de forma irremediável. Desde o primeiro instante que o vira, na Fábrica, a entrevista... Atraía-a o olhar doce, a voz serena e o gesto muitas vezes repetitivo de girar o lápis entre o polegar e o indicador da mão direita, como se ali também procurasse o movimento das coisas.

Madeleine não consegue negar a si mesma: alimentara uma sofrida ilusão, a ilusão de que Louis a olhava de modo especial. Ilusão que foi dolorosamente sufocada pelo anúncio do casamento de Louis e de Gustave com duas irmãs da poderosa família Winckler, casamentos realizados em 1893: primeiro Louis, no dia 2 de fevereiro e logo em seguida Auguste no dia 31 de agosto.

Madeleine lutou contra esse sentimento que a sufocava e

que a mataria, se dele não se livrasse. Por isso fora tão penoso o momento em que Louis a ajudara com a máquina de costura. E ainda mais penoso quando o inventor pulara de alegria, dançando com ela na comemoração de alguma descoberta que só agora Madeleine começava a entender.

O senhor não tem medo do que fez, Sr Louis?

Louis se limitou a sorrir, nitidamente disfarçando o sentimento contraditório gerado pela pergunta da operária.

A pergunta insinuava que os Lumière brincavam de Deus.

Instintivamente, Louis desviou o olhar da interlocutora e procurou, no meio do público, um olhar de paz, de apoio.

E encontrou o olhar embevecido de Madeleine.

................

O mar parecia em fúria, quebrando infindáveis ondas a bombordo do navio. O tempo então se curvava a essa intermitência, quebrando a monotonia de longos dias em silêncio e calma na imensidão do mar. O destino final, um exótico país chamado Brasil, então, não parecia apenas longe: parecia infinitamente longe, como um sentimento de inviabilidade. Era como se a vida estivesse aprisionada no tempo e que navegar de nada valia, tornando as distâncias desmedidas e sempre iguais a si mesmas. Madeleine evitava se martirizar com os pensamentos carregados de dúvidas. Preferia assim esse andar entre ondas rebeldes, preferia o tempo assim marcado por pancadas desencontradas que pareciam fazer de tambor a grande estrutura metálica do navio de carga onde Madeleine conseguira uma passagem mais barata.

Ou melhor, duas passagens.

O marido, longe das preocupações de Madeleine, se divertia no porão do navio, jogando cartas com os marinheiros. Era Pierre, um dos encarregados da área de plaquetas coloridas da Usina Lumière, o mesmo que tentara ajudar Madeleine no episódio da máquina de costura. Pierre havia se casado com Madeleine e agora, a pedido dos irmãos Lumière, levava equipamentos para negociar no Brasil: filmadoras, projetores e até mesmo algumas pequenas latas circulares de rico conteúdo, filmes realizados pelos próprios Lumière e que tanto sucesso faziam por toda parte. Ornando as tampas das pequenas latas de filmes, o caprichado desenho, marca dos Lumière. A mesma marca colada às latas que calçavam o velho sofá da casa da menina, futura mãe da Menina Miserável — e onde repousava o decadente padrasto, Luís, que a violentara. A mesma marca das latas que a menina atirara pela rua e que assim libertavam as fitas sem fim pela ladeira do bairro miserável, para desespero do estranho padrasto, Luís.

Pierre deixava Madeleine a sós, dia após dia, sem mesmo perceber que a barriga da mulher a cada dia crescia mais.

O futuro incomodava Madeleine, preocupação agigantada pela solidão da viagem e pela repentina fúria do mar.

O que seria dela, do marido e de seu filho num país estranho?

É verdade que levavam mercadorias de grande interesse, já que nesse início do século XX a curiosidade de todos, em qualquer parte do mundo, provocava uma intensa procura dos equipamentos e dos filmes dos Lumière. E no Brasil eles teriam chance de continuar como representantes, quem sabe até mesmo de se enriquecerem com a invenção de Auguste e... Louis.

A lembrança de Louis ainda doía.

Será um homem, desejava Madeleine, acariciando instintivamente a barriga proeminente.

E vou dar a ele o nome de Louis...

E deixarei em meu testamento que também meu primeiro neto, filho varão de meu filho, deverá se chamar Louis. E que meu primeiro bisneto também. E que em nossas casas a primeira língua será sempre o francês...

## MORANGOS SILVESTRES

*O Consejo Electoral de la Nacion (CEN), responsável pelos processos eleitorais, admitiu 15 candidatos para as eleições presidenciais. Destes, 9 apresentaram a sua desistência antes da realização das eleições. Permaneceram 6 candidatos, que são os seguintes:*

* *Mario Luiz Irigoyen (Movimiento Nueva Republica-MNR)*
* *Andrés Rosales (Partido Revolucionario del Pueblo-PRP)*
* *Juan Maria Rodríguez (movimento Por Querer el País-PqelP)*
* *Ernesto Cardenas (Organización Juventud Organizada-Joven)*
* *Mario Luiz Suarez (Actual Presidente, Movimiento Libertacion Nacional-MLN)*

*Nesse momento, o Consejo Electoral de la Nacion (CEN) declara o Señor Mario Luiz Suarez como vencedor, con maioria absoluta dos votos válidos.*

No centro novo e movimentado de Ciudad Menendez, dois homens atravessavam a rua com impaciência, alheios ao risco de algum acidente. Também os motoristas e motociclistas não pareciam preocupados com essa travessia aventureira, entre carros e a torrente de motos de todos os tipos. Motos carregadas com dois, três e até quatro pessoas, ou alguma carga absurda sobre as sofridas garupas. Porcos gordos, pilhas de caixas de ovos, sacos de milho, motores de automóveis. Loucuras que faziam das motos bólidos pesados e de difícil frenagem.

Os dois homens pareciam indiferentes àquela balbúrdia e à falta de regras que parecia ter se tornado regra. O importante ali era confiar uns nos outros. Caminhar e dirigir as motos e carros confiando em que os pedestres seguissem seus caminhos sem titubear, sem paradas bruscas, sem desvios de rotas. E os pedestres deviam confiar nos motoristas, com a certeza de que agindo sem medo, sem se desviarem dos rumos, todos os veículos encontrariam seus caminhos livres, desviando-se, como numa dança mágica de homens e máquinas que se evitassem e, assim, se entendessem. Um moto-perpétuo de perigos e aventura, quase sempre com final feliz.

"É assim a vida", pensava Manolo, o mais velho entre os dois homens. "Um caos aparente, mas com suas regras, suas leis. Difícil mudar. É preciso sempre entender a natureza das coisas, elas sempre serão uma lição para se entender a natureza das ações humanas..."

Enquanto ganhavam a calçada, vencida a verdadeira aventura da travessia, Manolo procurava desviar a atenção das espalhafatosas manchetes dos jornais anunciando a presença de "*el Presidente*" Mario Luiz Suarez numa comemoração pública por sua reeleição à Presidência da República, quando derrotou justamente o candidato de oposição, Andrés Rosales, que o partido de Manolo apoiara. Era impossível derrotar um candidato tão popular como o atual presidente, ainda mais com toda sua política populista e o domínio sobre os meios de comunicação.

As manchetes dos jornais irritavam Manolo. *El Presidente* frequentemente acusara a imprensa de fazer oposição ao seu governo. Mas o fato é que seu amplo favoritismo eleitoral fora permanentemente alimentado, durante a campanha, por uma polêmica pública e midiática em torno de sua figura, de seu passado, de acusações contra ele. Com tudo isso, manteve-se todo o tempo ocupando as primeiras páginas, até mesmo com exagerado destaque.

"A verdade é que ninguém acreditava em nossas possibilidades. Era como se as eleições já tivessem ocorrido, com vitória de Suarez. Nada mais a fazer. Desta maneira caminhamos rapidamente para uma ditadura pessoal do Presidente. É o que ele quer. Mas não deixaremos isso acontecer tão fácil, *señor Presidente*", pensou Manolo.

Tentando escapar de seu próprio ódio diante das manchetes dos jornais, Manolo passou a observar, com discrição, o rude caminhar e as expressões de seu companheiro. Não gostava dele, ainda muito novo, apesar de ter sido o responsável pelo seu ingresso "*nel Partido*". E, agora, ainda tão verde, designado para uma missão tão difícil. O rapaz parecia o tempo todo dialogar com o invisível, mudando as expressões como numa conversa.

"Expõe-se demais", pensava.

Um homem, ainda mais um militante, deveria controlar mais suas próprias expressões. Interiorizar-se mais, compenetrar-se mais da importância de sua própria militância, das ideias aprendidas no contato com velhos companheiros. E nunca deixar transparecer com tanta facilidade os sentimentos interiores, as alegrias e as tristezas de seus pensamentos.

É preciso sempre um pouco mais de dureza.

"Teria ele condições para um desafio tão grande e perigoso?"

Agora já não importavam mais as dúvidas. Recebera uma ordem e a cumpriria. Pois embora o companheiro parecesse pouco decidido e de formação política frágil, era o que tinha em mãos. E alguém teria que cumprir a ordem, no final.

Um dos dois, um só.

— Um de nós vai ter que assumir o gesto decisivo dessa tarefa — disse Manolo, atento para decifrar a possível reação do companheiro.

— Vai você? — perguntou Ramirez, surpreendendo Manolo.

— Não, Ramirez, você é quem vai.

— Por que eu?

— Por que sim, você vai.

— Por que eu, me diga!

— Não discuta comigo, Ramirez. É o que ficou decidido...

— Você fala de um jeito... "ficou decidido..."

— Que jeito, como é que eu deveria falar?

— Você fala como se nada disso tivesse importância, como se meu destino pouco te importasse... As palavras saem de sua boca como balas, bólidos feitos para atravessarem paredes de aço...

— São palavras demais, Ramirez. Isso só me preocupa. De que servem as palavras assim, sem sentido? Bólido? Paredes de aço?

— Não são apenas palavras.

— Mas são palavras!

— É minha vida que está em jogo, não palavras.

— E para que serve a vida, viver para quê, Ramirez? Esta é uma oportunidade...

— Logo você, que nunca ligou pra vida nenhuma... E sei muito bem de sua história, velho Manolo.

— Que história, menino?

— Não só a heroica, de sua juventude, quando vocês assaltavam bancos, enfrentavam as milícias...

— Nós tínhamos um projeto...

— O socialismo?

Manolo se inquietava, procurava um meio de sair dessa situação ambígua, onde o jovem Ramirez mais parecia julgá-lo do que enaltecer seu passado.

— É preciso prestar atenção nas motos...

Mas Ramirez não parecia disposto a largar o filão de suas revelações. Achava Manolo pretensioso, autoritário, do alto de sua posição de dirigente na estrutura *del Partido*.

— Sei de sua participação na guerrilha, sei que depois da derrota dessa luta você mostrou toda sua fragilidade. Sei que se picou, que se embebedou, que atirou todas as oportunidades no buraco de suas crises, que jogou fora todos os seus amores, que abandonou todas as ideias, que abdicou de tudo, que desdenhou das amizades, que ironizou os que teimaram em acreditar em alguma coisa... E agora vem com lições de vida?

— Até quando vou ter que ouvir isso? São coisas do passado, momentos de crise pessoal...

— Do passado?

— Sim, do passado! Era uma época difícil, o Partido destruído pelo golpe militar, eu fiquei sem rumo. Mas voltei, isso agora é o passado, camarada!

— "Camarada"!?! Não seja ridículo...

— Por que não?

— Há ainda quem se lembre de te ver cantar a internacional de punhos erguidos, antes de sua crise...

— Eu ainda canto, se for preciso.

— Seria engraçado, um sessentão de punhos erguidos. Melhor seria para você se outra coisa se erguesse rumo ao teto...

Entrar na cidade velha, centro de Ciudad Menendez, marcada pela arquitetura colonial e pelo abandono, era como voltar ao passado. Voltar aos tempos dos colonizadores espanhóis, tempos em que o ouro corria de mão em mão e até mesmo encontrado pelos meninos nas enxurradas de lama que corriam pelos duros calçamentos de pedras das ruas.

Era para lá que o destino chamava agora os dois homens. E ali teriam que jogar suas vidas num gesto que julgavam heroico e também histórico.

No centro velho de Ciudad Menendez, os dois homens se batiam pelas suas convicções. Ou pela falta delas. Cada um, a seu modo, remoía e remoía o significado da terrível tarefa que haveriam de cumprir. E as consequências da participação de cada um no episódio. Nesse clima tão áspero, caminhar pelas ruas de Ciudad Menendez era como caminhar rumo aos seus próprios destinos.

Quem sabe, rumo à História.

Cada vez mais incomodado com as cobranças de Manolo, Ramirez cantarolava baixinho uma provocação, tentando atrair o "inimigo" para um terreno mais favorável.

"De pé, ó vítimas da fome, de pé famélicos da terra".

Como esperava, Manolo reagiu, um gesto ríspido de cabeça.

— Não me diga que isso nunca te emocionou — provocou Ramirez. — Não desdenhe com tanta facilidade de sua própria juventude, da causa que você abraçou por toda sua vida.

— Era ridículo — murmurou Manolo

— É o que você diz agora, que abdicou da rebeldia, deixou de ser o que era... um revolucionário... para ser nada mais do que um dirigente...

— Revolucionário? Que sentido tem isso para você, Ramirez? Te vejo mais à cata de algum sucesso na vida, algum prazer, mulheres, de preferência garotas aventureiras que se divertem trepando com um desmiolado....

— Sou assim, cara, revolucionário e livre. Sou jovem, tenho a vida pela frente... Para você as garotas são diferentes: você envelhece e elas se tornam mais jovens...

— Para onde descambamos... É preciso se concentrar, ou perderemos até o caminho. Você vai ou não vai assumir a tarefa?

— Eu já disse, vou. Você acha que toda culpa é minha, eu vou.

— Culpa?

— Culpa pelo fim da sua juventude, pela queda do muro de Berlim, pelo fim do socialismo e a derrocada nojenta de todas as suas utopias. E, jovem, serei também o culpado pelo seu envelhecimento, pelo seu desencanto, pela sua raiva do mundo?

Manolo mal podia disfarçar o ódio pelo atrevimento do companheiro. Sim, o próprio Manolo o havia convidado para "el Partido", inscrevendo-o numa das organizações de juventude. O que não contava era que Ramirez fosse, justamente ele, encarregado de uma missão tão pesada. Na reunião do Comando *del Partido* argumentara, em vão, contra essa escolha, considerando Ramirez com pouca ou quase nenhuma experiência política e, definitivamente, nenhuma experiência neste tipo de ação. Mas a maioria da Direção desconsiderou as advertências. Precisavam de alguém e *el Partido* não estava em condições de tantas exigências. Era um partido pequeno, quase desmantelado durante a ditadura e deixado de lado no atual governo por causa das divergências públicas *del Partido* com os rumos do governo. A direção *del Partido* considerava pura demagogia ditatorial o anunciado "socialismo" *del Presidente*. Pois se o projeto era o socialismo, por que excluir um partido político do país com história de lutas pelo socialismo e que o apoiou desde o início? E por que reprimir os movimentos estudantis? E por que a política sistemática de cooptar líderes populares para o governo, tirando deles a capacidade de liderança e crítica?

Manolo concordava com seus companheiros dirigentes. Alguma coisa deveria ser feita, antes que fosse tarde. Pois a verdade é que *el Presidente* a cada dia se tornava mais e mais popular por causa das medidas populistas de seu governo ao mesmo tempo em que mais e mais se comprometia com os grandes monopólios nacionais e internacionais. Amparado em sua popularidade, *el Presidente* agora assumia claramente que não deixaria mais o poder. O caminho para a ditadura estava perigosamente aberto. A não ser que algo fosse feito para cortar essa perigosa trajetória.

Mesmo sem convicção sobre a capacidade do jovem Ramirez cumprir sua tarefa, Manolo procurava fortalecer, em silêncio, a decisão que assumira.

"É preciso mesmo fazer alguma coisa. E é o que vamos fazer".

Uma motocicleta, carregada com sacos de batata, se desgovernou e quase atingiu Manolo. O perigo latente da loucura do trânsito em Ciudad Menendez às vezes gerava seus acidentes. Quase sempre com as indisciplinadas motocicletas.

— *Perdón, perdón!* — gritou o condutor, rapaz muito jovem, provavelmente um menor de idade.

Irritado, Manolo partiu para cima do rapaz.

— Irresponsável, você podia me matar, me jogar debaixo das rodas de todos esses carros!

— Já pedi desculpas, *carajo!*

— E se me acontecesse alguma coisa grave, de que adiantariam as desculpas?

O rapaz também se irritou com a insistência de Manolo e os dois ensaiaram uma briga.

Ramirez, preocupado, tentava segurar o companheiro, estranhando sua reação descontrolada. Então era assim, aquela calma de velho revolucionário não passava da superfície, da pele. "Lá dentro, nervos, músculos, sangue, guardavam o DNA da violência do que sempre pretenderam fazer, a revolução", pensou. E se perguntou se também ele seria assim, essa pólvora escondida em pacotes suaves de mansidão e sabedoria. "É bem provável, ou eu não me sentiria tão atraído por essa gente e por suas ideias tão antigas. Sim, porque há um óbvio ranço antigo em tudo isso... E por que, apesar de saber, de ver que é assim, me atraem tanto essas ideias de violência histórica, de golpes, revoltas armadas, comícios, greves? Que mundo desejo para substituir esse, tão miserável, em que vivemos? Que justiça, que tranquilidade, que igualdade conseguiremos com essa luta e essa ambiguidade? Que poder queremos para nós mesmos?"

Em pouco tempo dezenas de motos estacionavam em volta dos dois homens, paralisando o trânsito. Solidários, os motociclistas, na maioria *motoboys*, defendiam o colega e ameaçavam Manolo com fúria crescente.

Com toda sua longa experiência, Manolo se sentia perdido. A contragosto precisou da proteção de seu companheiro, mais jovem, quem sabe mais adaptado a esses tempos difíceis.

Manolo e Ramirez seguiram com suas divergências, implicâncias de um ou de outro. O episódio da rua, com os motociclistas de Ciudad Menendez, alimentava o olhar crítico de Ramirez sobre aquele veterano teimoso e superado na vida.

"Imaginar um tipo desses no poder... E é justamente o que ele e seus camaradas tentaram a vida inteira. E o poder lhes escapava sempre pelos dedos, tomado por forças mais objetivas, apesar de mais enganadoras. As pessoas, no fundo, não se importam de serem enganadas, se o engano se dá num carnaval, mesmo que o carnaval seja a política. As pessoas querem eficiência, oportunidades..."

Olhando para si próprio, Ramirez insistia na pergunta que se fazia: "Por que dependia tanto de tipos assim, como Manolo? Por que a necessidade dessa relação quase submissa, alimentada nem tanto pela experiência histórica do outro, mas pela necessidade de se sentir parte de uma luta antiga, de muitas mortes, muita paixão, mas também de tantos erros e tantas derrotas? Sim, eles tentaram mudar o mundo e erraram muito. Mas, apesar de tudo, é o que mais quero na vida, mudar o mundo. Nostalgia de quem não viveu essa luta?"

Discretamente Ramirez observava o desconcerto de Manolo.

Sem perceber que era observado, Manolo, chutava pedras pela rua, absorto, a sensação de derrota. Sabia que os pensamentos do estudante se referiam a ele. As palavras duras de Ramirez haviam tocado fundo em sua vida, suas frustrações, seus erros, sua acomodação num cargo de direção partidária. "O que ele quer? Sim, eu não sou mais jovem, já não tenho esses arroubos juvenis, os gestos afirmativos, a certeza diante dos desafios do mundo. Lutei, cometi erros, mas ainda estou aqui, tentando levar essa bandeira com os mais jovens".

O olhar discreto, disfarçado, de Ramirez incomodava demais. Precisava quebrar esse clima opressivo, inquietante.

— Merda de cidade, essa violência nas ruas...

— Você podia ter morrido ali, tal era o ódio daquela gente — replicou Ramirez, como se esperasse mesmo alguma palavra de Manolo.

Manolo percebia, o outro tinha as respostas na ponta da língua, como se já soubesse de tudo o que ele poderia dizer.

— Quer que eu agradeça?

— Não é preciso. Viu que, com meu jeito de jovem, resolvi tudo...

— Jeito jovem... Meia dúzia de palavras chaves, gírias, gestos de mãos...

— A gente se entende... Você viu.

— Sim, você me salvou, mas que merda de gente é essa?

— É a gente de verdade...

— O mundo está mesmo uma merda...

Ramirez exercitava sua capacidade de espicaçar o chefe. Sim, chefe, pois era assim que o via. Chefe, chefete — "essa é a natureza dos futuros ditadores. Em nosso nome agem, mandam e desmandam, lutam, colocam-nos em suas lutas, fazem de nós a carne de que uma revolução sempre precisa. Depois esses tipos se tornam governantes com todos os direitos sobre nós, sobre a nação, o povo, a liberdade, o desejo, a luta. E já não querem mais sair. A pergunta que faço a mim mesmo é por que então preciso deles? Por que os sigo?".

— A quem o mundo não desencantou? — perguntou, agora olhando fixamente para Manolo, para que ele soubesse que estava sendo, de fato, perscrutado, questionado.

— Não se desencantou só quem nunca sonhou... — balbuciou Manolo.

— E você preferiria isso, Manolo, não sonhar?

— Eu não disse isso!

— Você ainda acha possível o socialismo?

— Se não achasse...

— É uma resposta ou uma fuga?

— Se não achasse não estaríamos caminhando para afirmar nossa luta, nosso desejo de que a revolução precisa achar de novo seu rumo.

— Nosso adversário também fala de "*revolución*".

Sim, essa era uma questão delicada. E Manolo preferia escapar, evitar essa polêmica. Pois era verdade, *el Presidente* falava sim em revolução, em socialismo. Mas tudo a seu modo, aumentando seu poder pessoal, como um pai insubstituível.

"Pois que socialismo seria esse, dominado pelo grande capital, os grandes monopólios de todo o mundo? Pois a eles *el Presidente* dava todas as regalias e as garantias enquanto iludia o povo com as migalhas do assistencialismo. Migalhas que só servem para tirar do povo qualquer espírito crítico e revolucionário", pensava Manolo.

Enquanto caminhavam, Manolo tentava em vão decifrar os pensamentos de seu jovem companheiro, entender o que as sofridas expressões de seu rosto queriam dizer.

— Quantas vezes nós já discutimos isso, Ramirez? — insistiu Manolo. — Para *el Presidente* "revolución" é só uma palavra. Uma palavra que usa justificando seu poder discricionário, enganador, populista.

— São muitas palavras, Manolo.

— Socialismo não é nada para ele.

— E para você?

— É tudo.

— Mesmo com a queda do socialismo real?

— O que caiu, aquilo já nem era socialismo.

— Gorbachev — provocou Ramirez. — Você não o apoiou?

— Isso não é verdade! Gorbachev foi um traidor.

— Mas vocês viram o socialismo ruir sem um gesto de protesto, sem pena alguma. Assistiram impassíveis, quem sabe drogados, desistentes, à queda de suas utopias.

— Aquilo não passava de um capitalismo de estado, tinha que acabar mesmo como acabou... E você não se inclui entre "nós", os perdedores?

— Eu era um garoto ainda... Sei que se chamava socialismo e que caiu nos braços do capitalismo. E sei que "aquilo", seja lá o que era, ajudou todos os movimentos de libertação nacional no mundo: Cuba, Vietnã, Angola, Moçambique.

— Gorbachev foi um traidor — murmurou Manolo, derrotado, falando mais para si mesmo.

— Você e os velhos militantes achavam que por trás daquele desbunde haveria um truque revolucionário — insinuou Ramirez.

Manolo silenciou, precisava ganhar tempo. Não conseguiria dizer se Ramirez apenas o provocava ou se tentava encontrar seu próprio caminho nessa troca de farpas. Manolo se sentia aprisionado pela lógica demolidora de seu companheiro. Precisava manter a calma, afinal, mesmo com todo aquele espírito crítico, o jovem estudante seguia com ele para cumprir a grave determinação *del Partido*. Arriscou uma provocação, seguindo as normas de seu companheiro.

— Você é que gostava dele.

— Gorbachev?

Manolo gostou da reação do companheiro, pego de surpresa. Agora, ele é que teria que se revelar, se explicar.

— E ele é o culpado?

— E não foi? Entregou o ouro aos bandidos do mundo.

— Você é simplista.

— E ele é um idiota medíocre. Idiota também quem caiu em sua lábia revisionista — acusou Manolo.

Ramirez, agora ele, sentia-se incomodado com a tática de seu companheiro, retomando a iniciativa.

— Você não é só bem antigo, mas também parece antigo...

— As palavras parecem antigas — contestou Manolo.

— As palavras, você dá a elas o valor que quer, Manolo. Elas têm certos valores permanentes e outros circunstanciais, subjetivos. Palavras são palavras, não morrem, nem se acovardam como muitos de seus companheiros diante da repressão.

Manolo sentiu que o companheiro retomava as rédeas do embate. Agora puxava a conversa para seu próprio terreno de ator e estudante. E tentava desviar a conversa para os comportamentos de militantes na luta contra a ditadura. Não cairia nessa armadilha.

— Não me provoque mais, Ramirez. Qual a razão de tantas agressões? Você acha que eu me senti bem vendo o socialismo, mesmo tão descaracterizado, cair? E que agora estamos bem sem o socialismo, que estamos todos felizes vivendo essa merda de época em que a maior potência do mundo pode fazer o que quiser de nossas vidas, da vida de todos os povos, sem medo de retaliação, sem opositores; acha que para mim está tudo bem agora? O capitalismo finalmente venceu, agora está tudo bem, acabou a miséria do mundo, acabaram-se as injustiças?

Ramirez gostava de ver o companheiro na defensiva.

— Mesmo assim — prosseguiu Manolo —, era preciso que aquela farsa desmoronasse para que uma verdadeira revolução sacudisse o mundo. Uma revolução que nascesse do povo, dos pobres, do terceiro mundo.

— E veio essa nova revolução? — provocou Ramirez.

Manolo preferiu não responder. Falaria de Cuba, apesar de todos os problemas, as dificuldades? — não, sentia que isso o enfraqueceria frente à juventude de seu companheiro.

Ramirez percebeu claramente o significado do silêncio de Manolo.

— E cabe a mim, agora, fazer o que vocês não conseguiram: corrigir o mundo — provocou.

— Vamos corrigir o que podemos. É um primeiro gesto para sair dessa letargia.

— Como nas propostas guerrilheiras — emendou Ramirez. — Fazemos um "gesto" e o povo deveria vir atrás de nós.

— Eu não estou dizendo isso. Você me provoca.

— Você já viu no que deu, Manolo, as derrotas no Chile, no Brasil, na Argentina, no Uruguai, na Bolívia, a morte do Che.

— Pelo amor de Deus, Ramirez! Vai ficar remoendo a história de nossas tragédias?

— É minha forma de práxis.

Manolo percebia que alguma coisa mudara na forma de diálogo seguida por Ramirez. Agora as palavras já não soavam como provocações, mas como um desejo, uma necessidade de saber, de checar seus próprios conhecimentos, sua fé. Uma coisa sempre intrigara Manolo, era o por que um jovem como Ramirez aceitara uma tarefa tão radical quanto a que se preparavam agora para realizar. E o que levava um jovem, como tantos outros, a procurar *el Partido* para se filiar. O *PRP, Partido Revolucionário del Pueblo*, se formara nos anos cinquenta, justamente na longa luta contra a ditadura militar instaurada naqueles anos. Nasceu pequeno e na verdade nunca se tornou um grande partido. Mesmo pequeno gerou seus mártires, muitos deles cultuados agora, décadas depois, pelos descontentes com a política praticada e apregoada por *el Presidente* como sendo "de esquerda" e "socialista". O PRP, mais conhecido simplesmente como "*el Partido*", que antes apoiara *el Presidente*, viu-se alijado do poder já no primeiro ano do novo governo. *El Presidente* preferiu não manter essa referência histórica, a de uma esquerda frágil e, segundo seu ponto de vista, fracassada, sem apoio popular e sem um projeto viável de poder. Do alto da autoridade — e poder — que a presidência lhe conferia, decidiu escolher com quem andar, quem interessava mais à sua ambição política "*y al pueblo de mi país*". E nem queria mais ter a purista ideia de socialismo cultivada pelo PRP. Não precisava do PRP, pois se precisasse de alguma sigla de esquerda para validar sua pretensa coloração esquerdista, teria uma dezena de pequenos partidos, sem poder algum na sociedade, mas de palavreado ultraesquerdista. Assim, *el Partido*, jogado para a oposição, viu muitos de seus ex-militantes acomodarem-se na máquina governamental, abandonando *el Partido*. Desta forma, o pequeno PRP tornara-se a única opção para esses jovens descontentes, quase sempre vindos das classes mais abastadas e, por isso mesmo, incapazes de criar uma corrente política nova que servisse à sua rebeldia. O inesperado culto de seus chamados "heróis" da luta armada tornou *el Partido* a porta de entrada para aqueles jovens, nessa nova onda de protestos.

Ramirez esperava, com certa ansiedade, as respostas de Manolo. Sentia-se muitas vezes tomado pelas incertezas. E o medo. Assumira a execução da tarefa decidida pela direção de *el Partido*, talvez de forma precipitada, levada pelo ódio aos soldados que frequentemente reprimiam as manifestações dos estudantes. E também pelo escárnio de *el Presidente* quando falava dos estudantes, identificando-os como "burgueses contrarrevolucionarios", "drogaditos", "fascistas" e outras ofensas jocosas que depois passavam a ser repetidas pela mídia e população, na maioria adepta de *el Presidente* e sem acesso às escolas superiores.

— Se meu gesto de agora não será como o dos guerrilheiros, então que significado terá? — quis saber Ramirez.

— Um início, um basta.

— Um sinal?

— Não! Um início de ações. É preciso limpar nossa própria área, contaminada por propostas inviáveis, malandragens políticas, corrupção, populismo. E trabalhar para o surgimento de um verdadeiro espírito revolucionário.

Observado com curiosidade por Manolo, Ramirez tirou do bolso um pedaço de papel amassado, dobrado de forma descuidada. Agindo como se não percebesse o olhar curioso do companheiro, desdobrou o pedaço de papel e sorriu.

Manolo não se dava por vencido, contendo a curiosidade, para alegria de Ramirez.

— Não quer saber o que é? — perguntou, num tom de pura provocação.

— Sei que você é o rei da dispersão.

— Não quer ver?

Ramirez estendeu a mão e entregou o papel para o companheiro.

— A passeata — murmurou Manolo, expressando desinteresse.

Um recorte de jornal. E, na foto, os estudantes em peleja com a polícia. Bombas explodindo, marcando a imagem com nuvens de fumaça.

— Eu estou ali, com a moça, segurando um cartaz.

Manolo observou que havia mesmo um rapaz, de blusão de couro, segurando o braço de um policial que tentava arrancar o cartaz das mãos da garota. No cartaz, apesar do recorte muito amassado, Manolo pôde ler: "*Presidente, traidor de la revolución*".

Sim, o rapaz bem que podia mesmo ser Ramirez, embora estivesse de costas para o fotógrafo.

— É a primeira vez que apareço num jornal.

— De costas.

— Mas sempre que olhar a foto me lembrarei que estava ali, participando, lutando.

A fala de Ramirez despertou em Manolo sentimentos contraditórios. Ramirez era estudante de comunicações e também ator do teatro universitário. Gente jovem inconformada com os rumos da política no país. Uma inquietação que muitas vezes acabava em manifestações como aquela registrada na foto. E que eram invariavelmente recebidas com uma violência que só incentivava ainda mais o espírito rebelde daqueles jovens. O governo se dizia popular, de esquerda, mas era, na verdade, um governo prepotente, autoritário, populista, incapaz de aceitar críticas. E que conduzia uma política com a qual nem os jovens nem *el Partido* concordavam. E ali estava, em Ramirez, a representação desses jovens, certamente encantado com essa nova possibilidade de agir, de exigir um mundo melhor para seu próprio futuro.

"Até mesmo arriscando a própria vida", refletiu Manolo, observando o semblante tenso do companheiro caminhando ao seu lado. "Tão jovem quanto eu, quando me engajei nessa luta".

Manolo não podia deixar de comparar sua própria vida e as privações da luta revolucionária com a história de lutas de seu jovem companheiro, apenas iniciada. Em seu tempo tudo parecia mais difícil, com a repressão sem limites da ditadura militar. No entanto, muitos jovens se engajaram em seu pequeno partido, enfrentando a guerra desigual contra o Exército nacional. Não se sentia um herói. Sempre fora de pouca conversa, sem carisma, pouco afeito à liderança. Fora apenas decidido e firme em suas convicções, pronto para o que precisassem dele. A guerrilha — Manolo nunca escondia essa visão — havia fracassado em seu intento de derrubar a ditadura. Muitos mortos, muitas prisões e as dissidências contínuas que revelavam a fragilidade do movimento e a insatisfação permanente dos combatentes. Na verdade, nem o povo os apoiava, enganado pelas promessas vãs da ditadura ou amedrontado diante das ameaças dos militares. Por isso, mesmo que carregando o peso de uma derrota, Manolo achava que os dirigentes haviam acertado ao mudar a forma de luta, abandonando a luta armada. Mas que fosse apenas uma mudança tática, sem perder de vista a luta pelo socialismo. Aos poucos, os militantes procuraram se infiltrar nos movimentos sociais e partidos políticos que faziam oposição ao regime, mesmo que fosse nada mais que uma oposição permitida, tolerada pelos militares. A ditadura acabou, era impossível deixar de olhar para trás, apagar da memória o rastro de sangue deixado na estrada, como na terrível "Nueva Batalla de Ayacucho", onde vinte e oito de seus companheiros foram mortos e outros tantos feitos prisioneiros pelos militares.

*Veinte e nueve muertos en la guerrilla.*

*La acción comenzó a las 5:45 de la madrugada del* 4 de octubre. *Las Fuerzas de Seguridad del Estado hicieron un clásico operativo de cerco en acción combinado por tierra y aire. Una vez ubicada la guerrilla colocan en los sitios estratégicos de los alrededores, emboscadas distribuidas en forma de semi-luna, formando varios anillos, luego se inició el ataque con la fuerza área bombardeando con aviones Camberra y ametrallando con aviones de observación Bronco OV-10 de forma intensa.*

*En este primer asalto, el Frente sufre seis heridos sin haber muerto ningún combatiente. Durante dos días de combate la guerrilla cae en diez emboscadas, con un saldo de 23 muertos y varios heridos leves y queda fraccionada definitivamente en tres grupos, cada uno de los cuales trata de romper el cerco por vías distintas. El grupo que rompe el cerco fué liderado por Mario Velásques y escapó también un solitario guerrillero conocido como Manolo Stremera. Lograron escapar cerca de una veintena de guerrilleros, de los cuales muy pocos quisieron reconstituir el Frente Guerrillero posteriormente. Todo el grueso de la Comandancia del Frente había muerto en el enfrentamiento. Los mandos y combatientes muertos en Cantaura fueron: Roberto Antonio Rincón Cabrera (alias Sergio y El Catire, Primer Comandante); Enrique Jose Márquez Velásquez (alias Florencio, Segundo Comandante); Emperatriz Guzmán Cordero (alias Sonia o Chepa, Tercer Comandante); Sor Fanny Alfonzo Salazar (alias Patricia y Pat, Miembro de la Comandancia); Carlos Jesús Arzola Hernández; José Miguez Nuñez (alias Rivas y el españolito); Mauricio Tejada Carmen Rosa García (alias Rosi); Ildemar Lorenzo Morillo; Carlos Alberto Sambrano Mira; María Luisa Estevez Arranz (alias Natalia); Antonio María Echegarreta Hernández; Beatriz del Carmen Jiménez (alias Maira); Baudilio Valdemar Herrera Veracierta; Jorge Luis Becerra Navarro (alias Gilberto); Eumennedis Ysoida Gutiérrez Rojas (alias Heydy); Diego Alfredo Alfonso Carrasquel; Luis José Gómez; Eusebio Martel Daza (alias Domingo); Rubén Alfredo Castro Batista; Nelson Antonio Pacín Collaso; Julio César Farías Mejías y José Ysidro Zerpa Colina.*

Manolo percebia, rememorando sua própria história, ser impossível deter um insidioso sentimento de culpa. A culpa por não ter morrido, por ter miseravelmente escapado, mesmo que ferido, arrastando-se pela mata ao som dos tiros, das bombas, dos gritos de atacantes e dos companheiros feridos. Era preciso combater esse sentimento, para continuar lutando e vivendo, mesmo que em novos tempos, de novas formas. Mas havia também uma nostalgia, a saudade do tempo em que se lutava pelo poder. Esse seria, com certeza, o sentimento inconfessável que ainda o movia. O poder. Mesmo que tivesse que mudar a luta, os caminhos, as alianças. Era preciso conquistar o poder para realizar os sonhos de sua geração. E honrar seus companheiros mortos em Ayacucho.

*En los años posteriores*, el grupo *se dio una auto-tregua*, *quedando limitada su existencia a las universidades y liceos de Educación Media*, *reconstruyendo el Frente* "Rodriguez Semilla" *únicamente para prestar adiestramiento a sus militantes*, *sin otra función operativa posterior*, *y concentrando fuerzas en organizaciones pro la libertad de los presos políticos*, *disolviendo fachadas legales como los* Comites de Luchas (CL) *y* organismos gremiales.

*Finalmente en mayo de 1994*, *la Dirección Nacional del* Partido *decidió disolver el Frente Guerrillero y una veintena de ex guerrilleros bajaron de la montaña para en un acto simbólico entregar las armas y pacificarse a pesar de no haber realizado acciones armadas en más de diez años. A partir de este momento*, el Partido *acentúa su trabajo político en sus dos frentes legales*, *los cuales usaba para captar Cuadros y Militantes*, *eran estos el* Movimiento Jóvenes Revolucionarios (UJR), *y el* Movimiento Popular Democrático. *De estas fachadas salió la* segunda división *el año 1992 cuando una buena cantidad de sus cuadros que desertaron hacia la* Central Nacional Revolucionaria (CNR) *cuyo brazo estudiantil*, *el* Movimento Juvenil Ernesto Che Guevara (MJEG) *venía representando* el Partido *en los liceos de educación media y se perdió totalmente. Las personas que conformaron esta división son los que principalmente se unieron posteriormente al* Movimento por la Revolución (MPR) *y apoyan al gobierno del* Presidente, *al contrario del* Partido *que es opuesto a ese gobierno.* El Partido *apoyó los dos golpes de Estado sucedidos en 1992 contra el entonces presidente* Carlos Fernandez *y el golpe del* 11 de abril *de 2002 contra el* actual presidente Suárez.[4]

---

[4] Wikipedia com modificações ficcionais em destaque. (N. do A.)

Dali a poucos minutos, Manolo e seu jovem companheiro estariam na Praça Villanueva, onde deveriam cumprir sua pesada tarefa.

"A História tem que andar", refletiu Manolo que se inquietava com as palavras críticas de Ramirez. Ora bolas, eles tinham uma tarefa e pronto, tinham que cumprir. Na reunião *del Partido*, foi um dos defensores da ideia de uma ação. Era preciso fazer alguma coisa, impedir que o "homem" continuasse a iludir o povo com seu palavreado de esquerda e sua política populista. Pois pouco a pouco sua popularidade empanava qualquer proposta "mais consequente", realmente revolucionária. Quanto mais popular o "homem" se tornava, mais pernicioso à causa.

Resolveu provocar, jogar dúvidas sobre a coragem do rapaz. Quem sabe assim induziria o jovem a reafirmar sua convicção.

— Está com medo?

— Eu, medo?

— Não está?

— Estou, estou. Estou com medo sim.

— Eu sabia.

— O que é que você esperava? Que eu desse uma de herói, de super-homem, que rasgasse a máscara de covarde e revelasse para você a face inviável de um jovem valente, que te livrasse de seu medo e de sua culpa, que apanhasse, que morresse em seu lugar?

"Agora é o ator que fala", pensou Manolo. "É difícil firmar uma ideia com essa gente. Decoram textos e se deixam aprisionar por eles como grandes verdades, respostas para tudo. E no entanto vivem em crise".

— Você está dramatizando — retrucou Manolo, procurando um tom melodramático como se dissesse "também posso dialogar assim, também conheço esses textos".

E prosseguiu, atento à reação de Ramirez.

— Há um homem próximo de se eternizar no poder, ele saiu de nós, de nossa história, era a promessa de nossa vida, de nossa juventude, a esperança de que tudo voltasse a ser como antes, que a história não morresse, que o ar fosse de novo respirável. E ele nos traiu.

— Ele é apenas um homem — murmurou Ramirez.

— Quando chegam lá, eles deixam de ser "apenas um homem".

Ramirez se sentia extremamente incomodado, como se verdades e mentiras se digladiassem em seu próprio corpo.

— Eu o tenho visto com sua família, mulher, filhos, nora, netos... e o povo o quis de volta ao poder.

— Isso é sentimentalismo, Ramirez. Todo homem tem sua família. Mas ele agora é apenas o rascunho frustrado de um sonho. Quanto mais ele se mostra humano, mais difícil fica se livrar dele, de sua traição.

— Traição. É uma palavra pesada, como nos seus velhos tempos.

— Traição não tem idade nem época.

— Eu tenho minhas dúvidas sobre o julgamento que você faz dele. Eu também não gosto dele, parece ao mesmo tempo verdadeiro e uma perigosa farsa. Não se pode confiar nele, eu sei. Mas também me incomoda a imagem que vocês fazem do próprio povo. Há um povo em suas teorias e outro na prática.

— Você está apenas tentando nos encaixar em suas dúvidas.

— Pode ser. Na verdade vivo atormentado pelas dúvidas.

— Isso enfraquece, dúvidas enfraquecem, ocupam o lugar das certezas.

— E você quer que eu faça o que com elas? — quis saber Ramirez.

— Enquadre-as.

— Você está brincando.

— O problema do mundo é que nos deixamos tomar por nossas incertezas. A queda de nossas utopias nos deixou assim, vulneráveis, sujeitos a olhares de desprezo.

— Ou de pena.

Manolo temia que a conversa resvalasse para esse terreno pessoal.

— Não me fale de pena, dó, seja lá o que for. Estávamos falando de política.

Mas Ramirez não parecia disposto a abandonar sua provocação.

— Muitas vezes eu mesmo tenho pena de mim, me vejo como um pequeno órfão, abandonado pela mãe.

— Deus do céu... — ironizou Manolo.

— Vai me dizer que você não? O grande Manolo nunca teve pena de si mesmo?

— Não me encaixe também em seus problemas freudianos. Nunca neguei que vivi uma crise. Para dizer a verdade, tive mesmo pena de mim, mas não joguei a culpa em ninguém. Saí da crise justamente retomando a luta.

— E vem agora me enganar que não há mais crise.

Manolo achou que era hora de enquadrar o jovem ator-estudante.

— Eu me pergunto por que é que viramos esses bundas-moles que somos hoje.

— Então faça você o serviço, Manolo. Vai se redimir.

— Não procure álibi para sua covardia.

— Covardia? Eu já disse que vou, já repeti, vou, vou, vou.

— Quanto mais repete menos acredito em sua coerência, Ramirez, em sua capacidade de decisão.

— Isso você vai ver.

Manolo tentava agora manter o mais rígido controle sobre seu pobre companheiro. Era preciso se preparar para ação. Em poucos minutos estariam no local, a praça aberta onde tudo deveria acontecer como estava previsto.

— Então, Ramirez, está convicto?

— Eu, convicto? Já perdi essa capacidade há muito tempo.

— Mas vai...

— Já disse que vou, parece absurdo mas vou.

— É um bom sinal. Como um bom militante, os interesses coletivos superam suas fraquezas pessoais.

— Acredita mesmo nisso, Manolo?

— Acha que estou ironizando?

— E não? Sabe que será um gesto de extrema gravidade...

— Já discutimos isso tantas vezes. Qual é a dúvida agora, Ramirez?

— Sei lá. Estou tentando me convencer.

— A ir?

— Sobre isso estou decidido, eu já disse. Tento me convencer de que deveria mesmo ir, fazer o que me dizem que devo fazer. Isto é, já que sei que vou, fico tentando ir por vontade própria.

— Complicado... — murmurou Manolo.

O som inequívoco do celular de Ramirez soou como um balde de água fria nas intenções de Manolo em firmar a atenção do companheiro em sua perigosa tarefa.

— Alô...

Ramirez piscou para o amigo, buscando cumplicidade.

— A namorada...

Manolo se contorceu de ódio, contendo o ímpeto de tomar do outro o celular.

— *Putamadre, carajo!*

Ramirez despachou a namorada, pressionado pelo olhar furioso do companheiro.

— Sou um ser humano.

— Humano demais, para meu gosto.

— Eu sei.

Agora era Ramirez quem andava de cabeça baixa, chutando pedras. Cantarolava alguma coisa ininteligível, provavelmente inventada por ele mesmo, como uma irritante trilha sonora de sua indecisão.

Manolo perdia a paciência.

— Pare com isso. Você tem que estar firme, se não vai ser impossível cumprir sua tarefa.

— Difícil já é.

— Mas está decidido, não me venha com mediações pessoais.

— Eu serei, então, o mero instrumento, como antigamente.

— É isso. Alguma dúvida?

— E se eu cair?

Manolo se esforçava para manter o equilíbrio, a calma. Precisava sim, tranquilizar seu companheiro.

— E se eu cair? — insistiu Ramirez.

— Esquece.

— Como nos velhos tempos... — ironizou Ramirez.

— Só que agora estamos numa democracia.

— Sem torturas.

— Mais ou menos.

— Isso torna tudo ainda mais estranho.

— Pare de se atormentar, Ramirez. Pare com isso ou sua mão tremerá.

— Minha mão é minha mão, ela vai fazer o que eu mandar.

— Está bem, camarada.

— E nem me chame de camarada.

— Está bem.

— E enquanto eu vou lá, o que você, Manolo, vai fazer? Assistir tudo em algum lugar da praça Villanueva?

— Não, não seria prudente. Nós nos separaremos antes.

— Eu vou para a ação. E você vai para onde, Manolo?

— Que importa isso, cara?

— Eu sei, vai para casa, sentar-se numa poltrona e assistir meu gesto de loucura transmitido pela TV.

— Não chame isso de loucura.

— Então o que é?

— Um gesto revolucionário. A nação despertará dessa ilusão em que vive a maioria de nosso povo.

— Eu queria ver você dizer isso, "um gesto revolucionário"...

— Satisfeito agora?

Ramirez a cada instante parecia mais distante, alheio a tudo, como quem já nem se lembrasse do que fazia ali, na rua, com seu enigmático companheiro.

Manolo insistia, incomodado com o comportamento errático do companheiro.

— Não sinto convicção em seu modo de falar em "gesto revolucionário".

— Olha, para mim chega. Vou sair, andar um pouco antes de entrarmos na praça.

— Por que não vê um filme? — ironizou Manolo.

— Seria uma boa ideia.

— Que filme você veria agora?

— "Morangos Silvestres".

— Bergman?!?!

— E por que não? Me lembrei desse filme outro dia, o personagem às voltas com sua própria morte. Vi num cineclube.

— É que Bergman, para mim, só existe como lembrança.

— Ele é completamente metafísico, mas como pega.

— Como pegava — concordou Manolo. — Mas agora, como será, o que o velho Bergman teria ainda para nos dizer? É engraçado, contraditório: pois eu gostava dele justamente quando eu mesmo tinha menos dúvidas na vida, talvez por ser jovem ainda, como você... Agora pode ser que tudo aquilo cheire a puro formalismo.

— É, pode ser. Mas você assistiria a um filme dele, num dia como hoje?

— Quem sabe nutrido pelo seu gesto revolucionário eu retome o gosto pelas coisas do espírito.

Ramirez abriu um sorriso nervoso.

— Dá vontade de rir. Vocês da velha guarda só gostam dos artistas quando eles estão do lado de vocês. Ou quando suas obras confirmam suas convicções. Marx com Balzac.

Manolo conhecia bem os textos de Marx sobre Balzac. O escritor aristocrata revelando a decadência de sua classe e a ascensão do capitalismo. A vitória do realismo, a realidade se impondo ao talento do artista, a criação reveladora, sem controle ideológico. Sim, essa eleição de um artista somente pelo que pode revelar da realidade social, na contramão de sua própria ideologia, é mesmo problemática. No entanto, Manolo não estava disposto a ceder, deixar que uma crítica tão inconsistente destruísse as ideias de Marx.

— Marx tinha lá suas razões. E nós temos que ver isso como uma descoberta, uma observação inteligente, não como um desígnio.

— O problema é que isso virou um desígnio, um critério de valor para a arte — insistiu Ramirez.

Manolo tentou consertar:

— Não deixa de ser um valor.

— Você mesmo confirma — reagiu Ramirez. — Então é melhor ser reacionário e "descobrir" a revolução do que ser revolucionário e procurar um valor estético para suas ideias.

Manolo girou o rosto, fugindo ao olhar provocador de Ramirez.

— Não se deixe contaminar por essa ambiguidade. Você ainda é muito jovem.

— Eu sou a pura ambiguidade, cara. Nunca vou me acostumar. Ainda outro dia vi um filme brasileiro em que no final atiram e matam um menino na paisagem aberta da Capital brasileira, o Palácio do Governo com aquela beleza plástica do Niemeyer, a amplidão de Brasília. O corpo ficava lá, no chão, com a paisagem imensa do poder, lá atrás. E ali, do lado do menino, todo mundo correndo, tentando se livrar dos tiros.[5]

— É apenas um filme.

— Mas também éramos nós, todos, fugindo, acovardados diante da História.

— E quem era o menino?

— Um menino de rua, cujo pai poderia ser qualquer um de nós.

— Isso é problema lá deles, do Brasil. E aqui, Ramirez, não temos também os nossos meninos de rua? Fico mais preocupado com eles do que com essa "nossa covardia".

— A fome.

— Você está se perdendo, o sentimentalismo outra vez. Temos que ser firmes.

— Eu sei o que vou fazer, estou firme, cumprindo uma or-

---

[5] Filme "Rua seis sem número", 2002, do autor João Batista de Andrade (N. do E.)

dem. É uma ordem que não vem só de você, mas lá de dentro, como se fosse preciso matar o lado negro de minha alma.

— É isso, apesar dessa sua mania de textos melodramáticos. O teatro.

— Sim, pode ser o teatro. Mas o sentimento é de que vou errar o alvo e atingir não o lado negro, mas o lado sonhador, ingênuo, meu lado menino. Então eu preciso fechar os olhos e fingir que nada mais existe no mundo do que meu alvo. Meu ato será, então, fruto dessa cegueira e dele nascerá todo o sofrimento do mundo...

— Que história é essa de sofrimento, Ramirez? Mais do que sofre o mundo agora?

— O que você sabe do sofrimento, Manolo?

— As pessoas passam fome, sede, são injustiçadas, humilhadas.

Os pensamentos se aboletavam na cabeça inquieta de Ramirez.

— Muitas vezes projetamos sobre os outros nossos piores sentimentos. Assim eles precisariam de nós, quando nós é que estaríamos precisando deles...

Incomodado, Manolo lutava para dominar a situação, impondo repentinamente um ritmo cadenciado e medido para a caminhada, fugindo ao embate ideológico.

Mas nem o pisar duro e a longa caminhada para cumprir seu destino, nada livrava Ramirez de sua imaginação a cada instante mais delirante. Sentia que a cada passo a fatalidade tomava as rédeas de sua vida, a violência dos pés ferindo o asfalto. "Talvez se conseguisse um gesto qualquer, alguma coisa de cotidiano, como olhar as horas, imaginar-me em casa, fazer um café, abrir mais os olhos como quem abre as cortinas de um espetáculo". Afinal, era um ator. Então poderia ser tudo isso: personagens com suas frases e verdades decoradas, um cenário, um texto e seu público, vozes desesperadas, gritadas pelo mundo afora, não importaria para quem, pois quando se representa, representa-se para o nada, a luz frontal: fala-se para esta luz que cega, a mesma que ali está para iluminar, para que se possa falar, gritar, declamar o que já nem se sabe mais o que são, além de palavras. Mas assim mesmo fala-se para o mundo como se não se falasse para ninguém, exatamente como seria feito se não houvesse viva alma na platéia e o bilheteiro houvesse enganado a todos, fazendo os atores representarem para o nada. E assim seria feito, as palavras seriam ditas de qualquer modo, mesmo que se desconfiasse da informação de que a plateia estava cheia e ainda por cima todos pagantes, mesmo estranhando seu silêncio. E assim mesmo seria tudo feito, com vigor redobrado. A alma gosta de arroubos e embustes e a verdade não depende de interlocutores, depende de manipuladores que, muitas vezes, quase sempre, insatisfeitos com a vida, precisam também de bisturis e fitas métricas e fotos, filmes, testemunhos, embora nada disso nunca chegasse a parte alguma e a verdade mesmo surgisse nos laboratórios da mente e das sínteses que mal acabavam de ser engendradas e já necessitavam de novas verdades. Mesmo que por muito tempo fossem elas dadas e vendidas ao mundo como tudo, pedras filosofais, valentes e incríveis descobertas do mundo, remédios absolutos, povos misteriosos, paraísos perdidos e visões inquestionáveis, mostrando que como sempre mais vale o que valem as coisas para o mundo do que as coisas em si valem por si mesmas. Sem um destino, um "para que" — "o que valerá valer alguma reles coisa?". O mundo se dobra em vênia a essas descobertas de nossa esperteza e de como fazer que isso nos eleve não como espertos, mas como gênios e vencedores. Se bem que a esperteza há muito tempo frequenta as prateleiras das ofertas e procuras do mundo e, tal como as cinturas falsas das cortesãs e também as inteligências duvidosas dos guias turísticos, tudo passa por aceito e a vida corre mais pelo mercado negro do que pelo serviço que paga impostos, impostos que servem mais para sustentar príncipes, bailes de gala, funcionários públicos, galhofas eleitorais, erros políticos sem fim. E servem também para custear as suas justificativas pela mídia, mídia que vive bem desse caudal de encontros e desencontros onde o que mais se pergunta é onde ganhar e não onde jogar. Esse é o nosso mundo, onde o tempo é pouco demais e já se nasce à beira desse precipício onde os pais se apressam a jogar os filhos recém-nascidos, já que sem essa experiência vital essas novas pessoas jamais poderão se sair bem na vida selvagem da civilização do medo, do ganho e da mentira, caldo civilizatório que nós todos, pacientemente, geração após geração, formando-nos nas melhores universidades, formulando os melhores pensamentos, propondo os melhores dos mundos e a melhor das justiças, criamos para todos. Mesmo que, por nossa imensa capacidade e privilégio, tenhamos tentado o tempo todo livrar-nos das más consequências de nossos gestos e ideias e de nossas propostas das quais sempre nos arrependeremos depois, velada ou ostensivamente. O mundo é inquieto demais e as ideias costumam parar nos lugares e tempos em que foram criadas, apesar de reinterpretadas e vomitadas como novas ideias, com outros nomes, como contestação ou superação, mesmo que dialética.

É o esqueleto de Orozco dando a luz a um bebê também esqueleto.

O alvo ali estava, pronto para a ação de Manolo e Ramirez.

— Agora tenho que ir — disse Manolo. — *Suerte!*

Ramirez parecia transtornado. Não saberia o que responder. O outro o deixava à porta do perigo e se mandava. A partir daquele instante tudo dependia dele, sem ninguém para apoiá-lo, para socorrê-lo. Apenas se esforçava para que nenhum pensamento estranho perturbasse sua concentração, o domínio sobre o corpo para que tudo desse certo, como imaginado por Manolo.

— Você está pronto, Ramirez?

Ramirez respondeu com o olhar ruim e um breve movimento de cabeça. Dessa forma pedia que o companheiro se fosse, que o deixasse só, que não atrapalhasse sua concentração.

Sim, o alvo ali estava, pronto para que a tarefa fosse cumprida como desejavam os chefes *del Partido*. E Ramirez se sentia em meio a um turbilhão de conflitos, de julgamentos contraditórios, impulsos incontroláveis. Herói, pronto a exercitar seu heroísmo e mudar o mundo com seu próprio sacrifício. E, ao mesmo tempo, um idiota a cumprir com automatismo as ordens superiores que exigiam esse sacrifício pessoal por uma causa que ainda entendia pouco, mas que o dominava por completo.

— Vai! — gritou para Manolo. E ainda percebeu, com um misto de asco e orgulho, a expressão covarde do outro, a pressa ao se retirar.

Segundos antes do gesto que acabaria com sua vida, Ramirez fora tomado pelo desespero. Estava ali, agora sozinho, pronto para executar sua tarefa. Sabia ser impossível fugir de seu próprio destino. Não, não faria aquela loucura por Manolo, nem por medo dele. Não. Agiria de acordo com seu destino, sua obstinação. Nada mais, ninguém mais poderia salvá-lo.

Em sua cabeça atormentada ecoava ainda a última discussão com Manolo.

— Eu te peço ainda uma vez que me ajude a pensar. Esse homem, pelo menos tentou, e as palavras dele sempre foram parecidas com as nossas, a injustiça, a miséria...

— Você vai se deixar enganar até o fim! São meras palavras, Ramirez, o populismo que corrói nossa luta.

— E o que é nossa luta?

— Nossa luta, nossa luta, que pergunta!

— Me diga! Eu preciso ouvir isso de sua boca, antes de destruir minha vida. A quem dedicarei esse meu gesto final?

— Você vai ou não vai?

— Eu já disse, nenhuma dúvida, nenhuma dor me desviará do caminho já traçado, meu destino trágico. Eu apenas me pergunto sempre para quem, em nome de quem estou agindo...

— Adeus, Ramirez. Já estamos perto demais para tantas perguntas.

Desesperado, Ramirez agarrou-se à roupa de Manolo, impedindo-o de sair.

— Espera! Todo esse tempo, andando pelas ruas, eu observava rostos, gestos, olhares de tanta gente que não saberemos nunca quem são, se têm filhos, para que time torcem, o que querem da vida, o que sonham.

Manolo lutava para se desvencilhar do companheiro, preocupado em não chamar a atenção da multidão que se formara na Plazza Villanueva.

Na praça, engalanada de flores vermelhas, os alto-falantes anunciavam, em tom profissional, sem emoção, o início da grande manifestação, com a chegada, finalmente *del Presidente* Suárez. A multidão, em transe se espremia para se aproximar do carismático líder que num instante já se via carregado como um troféu, uma prenda, uma poderosa bênção a tamanha devoção.

— É para eles que agimos, em seu nome — gritou Manolo, incentivando o companheiro. Adeus!

— Eu bem que procuro neles, Manolo, em suas expressões, alguma aprovação, mas seus olhares me transmitem apenas um mistério, parecem querer dizer alguma coisa que nunca sei o que é, e isso me assusta, você não vê?

Ramirez, em sua confusão mental, já não via seu companheiro e nem sabia com quem dialogava.

— Você não vê? Você não vê?

— Ver o que, cara, ver o que?

Preso, o jovem dizia não saber o que fazia ali e por que usava arma numa festa política. Parecia fora de si, nem se lembrava do nome, nem do próprio endereço. O policial que o prendeu diz que teve pena dele, de seu olhar de pavor, talvez do pavor de ter perdido a si mesmo, agora para sempre. E anotou que o rapaz trazia no bolso um recorte de jornal, a foto da passeata estudantil contra o governo.

*"Traidor de la revolución"*.

FIM

# JOÃO BATISTA DE ANDRADE E SUA OBRA

Nascido na cidade mineira de Ituiutaba, em 1939, João Batista de Andrade vivenciou complexos momentos da recente história do Brasil, como o período da Ditadura Militar (1964-1985).

Leitor inveterado desde a adolescência — quando escreveu os seus primeiros contos —, tornou-se conhecido nacional e internacionalmente, entretanto, ao desenvolver uma notável carreira de cineasta, tendo realizado filmes de ficção e documentários que impactaram a crítica e o público, como, por exemplo, "Doramundo" (Vencedor do Festival de Gramado /1978), "O homem que virou suco" (Medalha de Ouro de Melhor Filme no Festival de Moscou/1981), "O Tronco" (Prêmio de Melhor Filme pela Comissão das Comemorações dos 500 anos de Brasil, no Festival de Brasília/1999) e "Vlado, 30 anos depois" (2005).

Premiado e aclamado como cineasta, sempre alimentou entranhada relação com a literatura, que se manifesta em sua filmografia, quer na urdidura dos roteiros, quer na transposição para as telas de obras literárias, como os romances *Doramundo* (Geraldo Ferraz), *Veias e Vinhos* (Miguel Jorge) e *O Tronco* (Bernardo Élis). Enquanto colhe louros como cineasta, vai publicando os seus livros, sete até este momento (o último intitula-se *Confinados: memórias de um tempo sem saídas*).

Militante do PCB (Partido Comunista Brasileiro) nos chamados "anos de chumbo" da Ditadura Militar implantada no Brasil em 1964, João Batista de Andrade — cineasta, jornalista ou escritor — apresenta um olhar crítico sobre os (des)caminhos trilhados pela sociedade brasileira. Conforme escreveu Rodrigo Francisco Dias, mestre em História pela UFU (Universidade Federal de Uberlândia): "Andrade explora os complexos aspectos psicológicos de seus personagens e nos apresenta a sua visão acerca do Brasil contemporâneo."

Ao misturar realidade e ficção, é possível perceber pontos

de contato entre a história de vida do autor e as histórias de seus personagens, como a do velho arquiteto Júlio, um homem em crise que sofre com sua solidão (*Confinados*).

A sensação de solidão, aliás, é elemento importante em toda a arte de João Batista de Andrade. Em *Poeira e Escuridão*, ora publicado pela *LetraSelvagem*, os personagens também aparecem "confinados" pela cruel realidade de um mundo onde as pessoas não conseguem encontrar no tempo presente a realização de projetos e sonhos do passado, resultando dessa situação um sentimento de impotência — o mesmo sentimento que o autor deve ter experimentado em 1989, quando, desiludido com a situação do país sob o famigerado Plano Collor, interrompe sua carreira de forma drástica e se auto-exila no interior brasileiro, só retornando ao *set* de filmagens oito anos depois, com o épico "O Tronco". João Batista de Andrade nos mostra como podemos, ao mesmo tempo, identificar-nos com a realidade e não nos prendermos a ela. Seus romances e contos cheiram a terra, sangue, lágrimas e suor, numa perfeita assimilação do mundo que o rodeia, e não obstante rompem os limites desse mundo para elevar-nos à universalidade da poesia humana, inespacial e atemporal. A memória e a ternura são os dois elementos fundamentais dessa alquimia psíquica, os elementos de captação e transfiguração do real, de que João Batista de Andrade se serviu em toda a sua obra, como ficcionista ou não.

Sempre ligado às lutas em prol da cultura brasileira, criou, como Secretário Estadual de Cultura de São Paulo, a Lei da Cultura (PROAC). Eleito Intelectual do Ano em 2014, recebeu o tradicionalíssimo Troféu Juca Pato, oferecido anualmente pela UBE (União Brasileira de Escritores) a uma personalidade do universo cultural cuja obra tenha promovido relevante reflexão, característica marcante da atuação de João Batista de Andrade, quer no cinema, quer na Literatura. Atualmente, preside em São Paulo o Memorial da América Latina.

Taubaté, 1º de maio de 2015.

N.S

Este livro foi composto em Janson Text, corpo 11 por 14, e impresso sobre papel Pólen Soft 80g/m$^2$, pela Gráfica EME, Av. Brig. Faria Lima, 1080, V. Fátima, Capivari, Estado de São Paulo, Brasil, para a Associação Cultural Letr*a*S*e*lvagem, em maio de 2015.